여행은 사람을 만든다

_안도 다다오

여 행 의
속   도

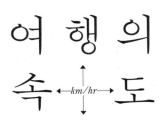

여 행 의 속 도

리칭즈 글·사진 | 강은영 옮김

아날로그

사유하는 건축학자의
특별한 여행

　나의 절친한 친구 리칭즈를 처음 만난 것은 2000년, 내가 런던에서 돌아온 해였다. 우리는 비슷한 점이 많다. 그도 나처럼 새로운 카페를 찾아다니기를 좋아하고, 때로는 한나절 느긋하게 카페에 앉아 브런치를 즐기며, 특히 기차여행을 좋아해 거리에 상관없이 교통수단으로 기차를 자주 고집한다. 아무리 궂은 날씨에도 타이베이 관광안내 자원봉사에 참여하고 있으며, 연합뉴스에 간단한 칼럼을 기고해 나와 번갈아 가며 신문지상에 이름이 오르내리고 있다. 게다가 우리 두 사람 모두 라디오 프로그램 사회자이다.

　문화적 관심사도 비슷하다. 우리는 특히 도시학에 관심이 많다. 하지만 그를 알고 지내는 시간이 길어지면서 나와는 완전히 다른 면들도 많이 발견했다. 하루는 그의 초대로 건축학과 학생들의 연말연극을 보고 톈무로 함께 돌아가는 길이었다. 우리와 방향이 같은 또 다른 친구 한 명과 함께 차를 타고 가고 있었는데 문득 장무야생강과 각종 한약재를 넣어 만든 오리 고기 요리 – 옮긴이가 먹고 싶어졌다. 나는 두 친구의 손을 끌고 장무야를 파는 노점으로 가서 한 접시를 맛있게 먹어 치웠다. 리칭즈는 그제야 나에게 이렇게 고백했다.

"얼마 전까지만 해도 야식은 먹어 본 적이 없었어. 더욱이 노점 음식은 생각조차 해본 적이 없었지."

훗날 나는 그에게 '생각조차 할 수 없는' 일들이 얼마나 많은지 알게 되었다. 그는 아내를 만나기 전까지 한 번도 노점상 음식을 먹어 보지 못했다고 한다. 고등학교 때까지 그의 점심은 줄곧 어머니께서 싸주신 샌드위치였다. 그의 아버지는 톈무서울의 이태원처럼 타이베이 내의 외국인 밀집 지역 – 옮긴이에 위치한 학교의 교수였으며, 집도 톈무 언덕에 자리하고 있어 이웃들 중에는 서양인 아이들이 많았다. 부모님 모두 독실한 기독교 신자이며 조상 중 목사를 지낸 사람도 두 명이나 된다고 한다. 이러한 리칭즈의 서양식 성장 배경을 보면 그와 비슷한 환경의 고베 아시야에서 자란 일본 소설가 무라카미 하루키가 떠오른다.

어렸을 때부터 넓고 깨끗한, 모든 것이 질서정연하게 잘 정돈된 환경에서 자랐기 때문일까? (그의 집을 방문해 본 사람이라면 모두 동의할 것이다.) 리칭즈는 오래된 물건에 별로 관심이 없다. 언젠가 그의 부인이 리칭즈와 함께 교토를 여행할 때 고대 명승지는 한 곳도 가보지 못했다며 불만을 토로했던 적이 있다. 그는 새로운 건축물만 찾아다녔고, 심지어 숙소조차 오사카에 새로 오픈한 호텔에서 묵으며 매일 교토와 오사카를 왕래했다는 것이다.

새로운 것, 이상한 것, 특이한 것에 대한 그의 호기심과 열정은 타의 추종을 불허한다. 그는 결혼하기 전 세계 각지를 혼자 돌아다니며 새로운 건축의 사진을 찍는 것을 좋아했는데, 슬라이드를 찍느라 점심을 건너뛰기 일쑤였다. 하지만 지금은 촬영 도구가 예전보다 훨씬 작고 가벼워져 이동이 수월해졌을 뿐 아니라 부인의 간곡한 부탁도 있었기 때문에 '조금은 느려지기'로 결심했다고 한다. 그는 이제 점심에 잠시 쉬면서 맛있는 음식을 즐기는 여유도 제법 부릴 줄 안다.

나는 리칭즈보다 겨우 네 살이 많지만 여행의 속도만 보면 마치 할머니뻘이 된 느낌이 든다. 그는 누가 어디에서 (어느 도시 혹은 공원이나 섬 등등) 새롭고 창의적인 설계를 했는지, 이 책을 통해 빠르고 정확한 필체로 묘사했다. 사실 그가 여행한 도시들은 나도 예전에 모두 가봤던 곳이다. 하지만 나는 기껏해야 명승고적지를 보는 것이 고작이었고, 귀찮아서 사진조차 잘 찍지 않았다. 리칭즈에 비하면 나는 얼마나 게으른 여행자란 말인가!

리칭즈의 책을 보면서 한 가지 재미있는 생각이 들었다. 한때 온라인에서 서로 일기를 교환해 보는 것이 유행한 적이 있는데, 나도 이번 책을 통해 마치 그의 일기를 보듯 그와 같은 속도와 관점으로 여행해 보고 싶어졌다. 새로운 건물을 찾아 떠나는 그의 여행은 무한한 호기심과 상상력에서 기인한다. 리칭즈의 영혼은 외계인인지도 모르겠다. 그래서 지구의 오래되고 전통적인 것들에는 관심이 없고 기발하고 창의적인 건축물만이 마치 집에 돌아온 듯한 편안함을 그에게 주는가 보다.

한량루

작가이자 타이완 라디오 방송국 UFO RADIO의 사회자

여행의 속도

인생이라는
여행

각기 다른 속도로 여행을 하다 보면
그동안 무심히 지나쳤던 풍경들이 눈에 들어온다

건축의 대가 안도 다다오는 그의 저서 『걸으면서 생각한다』에서 이동과 사고의 관계에 대해 "걸으면 자연스럽게 사고가 시작된다."라고 말했다. 이 말은 어릴 때 가지고 놀던 철제 골동품 장난감을 생각나게 한다. 태엽을 힘껏 감았다 풀면 장난감 몸에 있던 장치가 작동하면서 움직이거나 소리를 내던 그 장난감처럼 인간의 뇌와 몸도 서로 연계되어 있어 이동을 통해 상호 연쇄작용을 일으킨다.

영국의 작가 알랭 드 보통도 "여행은 사고를 촉진한다. 이동 중인 비행기, 배, 기차는 우리 내면의 대화를 가장 잘 이끌어내는 수단이다."라고 말했다. 역사적으로 유명한 창작가들은 대부분 여행을 좋아했다. 그들은 이동을 하면서 창작의 영감을 얻고, 새로운 소재를 발굴했다. 폭발적인 에너지로 교향곡 역사에 한 획을 그은 작곡가 베토벤은 평소 비엔나의 숲을 산책하는 것을 좋아했다. 그는 산책하는 동안 악보를 구상했다. 역사상 가장 위대한 작곡가로 손꼽히는 모차르트 역시 자신이 원하지는 않았지만 수없이 많은 이동을 해야 했다. 여러 왕궁과 귀족들의 저택을 돌아다니며 연주를 해주고 돈을 벌어 생계를 유지해야 했기 때문이다. 비록 스스로 원했던 여정은 아니었으나 흔들리는 마차 안에서 그 또한 창작의 영감을 얻었으리라. 중국 고대의 수많은 시인들도 다양한 이유로 중원을 떠돌며 중국의 수려한 산수를 접했고, 그 과정에서 내면의 근심, 상념과 진지하게 마주했을 것이다. 그들의 방랑이 있었기에 오늘날 주옥같은 시들이 남을 수 있었다.

나는 여행의 속도에 아주 민감한 편이다. 여행의 속도는 여행자가 본인의 생명에 주어진 시간을 어떻게 인식하고 있는지를 보여 준다. 오늘날 하늘을 날고 있는 거대한 비행기의 출현은 고대인들은 엄두도 내지 못했던 세계여행의 꿈을 현실로 만들어 주었다. 이제 현대인들에게 해외여행은 흔한 일이 되었다. 아침에 비행기에 올라 영화를 몇 편 보고, 기내식만 몇 끼 먹으면 어느새 센 강과 에펠탑이 보이는 파리의 야경을 볼 수 있다. 또 비행기를 타고 10시간 조금 넘게 가면 로스앤젤레스에서 프랭크 게리가 디자인한 월트 디즈니 콘서트홀을 직접 볼 수 있다. 혹은 스페인의 빌바오에서 구겐하임 빌바오 미술관을 관람할 수도 있다. 죽기 전 세계 각국의 유명한 건축물을 감상하는 것은 이제 불가능한 꿈이 아닌 현실이 되었다.

이 쇠로 만든 거대한 새가 자유롭게 상공을 날아다니는 모습을 보고 있노라면 새삼 감탄과 존경이 우러나온다. 비행기는 혹한으로 얼어붙은 강과 풀 한 포기 나지 않은 메마른 사막을 거뜬히 지나간다. 인류는 어떻게 이처럼 거대한 쇳덩어리를 하늘로 날릴 수 있었을까? 이 거대한 새는 자기 몸 하나만으로도 충분히 무거울 텐데, 몇백 명의 사람과 수천 개의 짐을 싣고 구름 위로 날아올라 10시간 이상 쉬지 않고 비행한다. 심지어 이 새의 배 속에서 사람들은 여유롭게 식사를 하고, 영화를 보며, 잠까지 잔다. 이것은 현대의 기적이다! 100년 전, 라이트 형제가 처음 비행기를 발명했을 때 비행거리는 고작 10m에 불과했다. 승선 인원도 몇 명밖에 되지 않았다. 그런데 불과 100년 사이 이토록 눈부신 발전을 이룬 것이다!

하지만 솔직하게 말하면, 나는 장거리 비행을 즐기는 편은 아니다. 좁은 의자에 앉아 사육당하는 동물처럼 시간에 맞춰 제공되는 기내식을 먹고, 불편한 자세로 어렵게 잠을 청하면서 영혼과 대화를 나눈다는 것은 그리 쉽지 않다.

사실 내가 비행의 진정한 즐거움을 맛본 것은 호주 퀸즐랜드 외곽의 한 섬을 여행했을 때였다. 휴양지로 개발된 이 섬에서 우리는 바다를 헤엄치는 돌고래를 보고, 물고기 떼에게 먹이를 주었으며, 언덕에서 모래 썰매를 타며 즐거운 시간을 보냈다. 저녁이 되어 다시 육지로 돌아갈 시간이 되자 가이드는 우리를 지프차에 태워 해변의 모래사장으로 안내했다. 가이드가 "공항으로 갈 겁니다."라고 말했지만 사방에는 칠흑 같은 어둠만 내렸을 뿐 공항 따위는 보이지 않았다.

지프차는 어두운 해안을 달려 어느 풀밭에 도착했다. 차에서 내렸을 때에도 공항이나 관제탑은 여전히 보이지 않았다. 가이드는 옆에 있는 작은 창고로 뛰어 들어가 안에 있는 스위치를 켰다. 그러자 갑자기 풀밭이 밝아졌다. 양쪽으로 켜진 지시등은 해변까지 쭉 연결되어 있었다. 이곳이 바로 풀밭 위의 '공항'이었던 것이다. 우리를 기다리고 있던 비행기도 불빛 아래 모습을 드러냈다. 쌍발식의 프로펠러 10인승 비행기였다. 엔진이 가동하자 배기통에서 시커먼 연기가 뿜어져 나왔다. 소음이 너무 커 귀가 먹먹할 지경이었다. (나중에야 이 비행기의 나이가 나보다 많다는 것을 알게 되었다.) 비행기가 천천히 풀밭을 미끄러져 나가기 시작하자 마치 축구장을 뛰고 있는 것만 같았다. 비행기는 이윽고 속도를 높이는가 싶더니 머리를 치켜세우고 상공을 향해 날아올랐다. 나는 창밖으로 풀밭 양쪽의 지시등이 점점 작아지다가 마침내 어둠속으로 사라지는 모습을 지켜보았다.

프로펠러 비행기의 비행시간은 30분 정도 밖에 되지 않았다. 하지만 나는 이 오래된 비행기가 이륙하기 위해 안간힘을 쓰면서 코를 찌르는 석유 냄새를 내뿜고, 시끄러운 소음으로 귀를 자극하는 속에서도 검은 바다 위에서 불빛에 반사되어 부서지는 파도를 보았고, 지시등과 함께 점점 멀어져 가는 육지를 보았다. 비행의 진짜 '존재감'이 느껴지던 순간이었다. 비록 기내 객실에 앉아 있었지만 내가 날고 있다는 사실이 온몸으로 전해졌다. 발아래를 지나가는 각양각색의 물체들을 보면서 그리스 신화에서 다이달로스와 그의 아들이 날개를 만들어 미궁을 빠져나갈 때의 느낌을 상상해 보았다. 이런 강렬한 경험이야말로 비행의 진정한 묘미가 아닐까.

오늘날 대부분의 여객기가 가진 문제점은 승객을 '날고 있는, 폐쇄된 거대한 건축물' 안에 넣어 놓는다는 것이다. 작은 창문만으로는 날고 있다는 느낌을 체감하기 쉽지 않다. 승객들은 감옥처럼 좁은 공간에 갇혀 얼굴도 모르는 낯선 이들과 오랜 시간 대면해야 한다. 이 같은 난처함을 최소화하기 위해 항공사는 기내식을 제공하고, 아름다운 스튜어디스를 배치하며, 다양한 영화를 준비해 승객들의 주의를 분산시키려고 한다. 이러한 비행은 '여행'이라고 할 수 없다. 다만 여행을 위한 전후 준비 작업에 불과하다. 그래서 나는 비행기를 타는 것보다 전통적인 여행 방식인 기차여행을 더 선호한다.

기차여행은 가장 인간적인 여행 방식 중 하나이다. 객실 의자에 등을 기대고 편안히 앉아 창문 밖 풍경을 보고 있노라면 여러 가지 상념이 꼬리를 물고 이어진다. 사실 거대한 여객기에 앉아 있으면 속도감이 제대로 느껴지지 않는다. 오히려 기차를 타고 창밖의 풍경을 바라보면 '내가 빨리 가고 있구나.' 혹은 '늦게 가고 있구나.'를 확실하게 느끼면서 진정으로 속도를 즐길 수 있다.

프랑스의 시인 보들레르는 "이동하는 동안 내 영혼은 행복하다."라고 말했다. 여행, 그 이동의 방법은 우리 내면의 동경을 상기시킨다. 이동하기 때문에 더 좋은 곳으로, 더 아름다운 곳으로 갈 수 있을 것만 같다. 여행에 대한 인간의 갈망은 죽는 순간까지 멈추지 않는다. 〈구약성서〉를 보면 아브라함은 일생동안 한곳에 정착하지 못하고 이곳저곳을 떠돌아다녔다. 어쩌면 그는 '여행의 인생'을 살았다고 할 수 있다. 〈히브리서〉에도 "아브라함의 인생은 여행이었으며, 평생 남의 집에 의탁해 기거하였으나 그가 부러워하고 동경한 곳은 오직 하늘에 있는 더 아름다운 고향이었다."라고 적혀 있다.

어쩌면 우리의 여행도 더 아름다운 세계에 대한 동경일지 모른다. 우리는 여행을 하면서 새로운 곳에 대해 끊임없이 생각하고, 나에 대해 부단히 성찰하고 반성한다. 여행은 우리를 바꾸며, 우리를 만든다. 안도 다다오가 말했던 것처럼 "여행은 사람을 만든다."

CONTENTS

⟶ ≫≫ 여행을 생각하다

여행의 공간이동은 우리 내면의 동경을 자극한다.

어딘가에 존재할 더 멋진 곳으로 우리를 데려다 줄 것만 같다.

여행에 대한 인간의 갈망은 죽는 그 순간까지 절대 멈추지 않을 것이다.

Concept 1 사고에서 출발하다

01. 탐색의 여행

여행은 더 아름다운 세계에 대한 동경이다. 우리는 여행을 하면서 새로운 곳에 대해 끊임없이 생각하지만, 이와 동시에 자신의 내면세계에 대해서도 수많은 각성과 수정을 반복한다. 여행은 우리를 바꾸고 새로운 나를 만든다.

02. 사고의 여행

어릴 때 태엽이 달린 철제 장난감을 가지고 논 기억이 있다. 태엽을 당겼다가 풀면 장난감이 움직이거나 소리를 냈는데, 우리의 몸도 이 장난감 같다. 두 다리의 신경은 대뇌와 이어져 있어 다리가 움직이면 뇌의 기능도 활성화된다. 그래서 여행을 하면서 이동하는 과정을 통해 사고의 실타래가 하나둘 풀리게 된다.

03. 창조의 여행

창의적인 사람 중에는 여행을 좋아하는 사람들이 많다. 그들은 여행을 통해 영감을 얻고, 새로운 소재를 발굴한다. 중국 고대의 시인들도 자연을 벗 삼아 사방을 떠돌며 자신의 내면과 소통하고, 성찰을 통해 그리움과 근심을 풀어냈다. 그들에게 방랑의 시절이 있었기에 오늘날 주옥같은 시들이 전해질 수 있었다.

04. 문학의 여행

일본 작가 무라카미 하루키의 대표작 『상실의 시대』에는 와세다에서 토덴 아라카와센도쿄도에서 운영하는 노면전차 – 옮긴이을 타고 오쓰카 역으로 가는 과정이 자세히 그려진다. 타이완의 영화감독 허우 샤오시엔이 일본의 영화감독 오즈 야스지로에게 존경을 표하기 위해 만든 영화 〈카페 뤼미에르〉에서도 토덴 아라카와센이 영화의 중요한 장소로 쓰였다.

Concept 2 생명에서 출발하다 ▶▶▶

05. 기억의 여행 - 1

기차를 탈 때면 왠지 모를 친근함과 편안함이 느껴진다. 아마도 어린 시절 철도와 관련된 추억 때문일지도 모르겠다. 나는 유치원 시절 수업이 끝나면 매일 항구로 달려갔다. 그곳에 철도가 하나 있었는데, 기차 안에는 수많은 사람들이 저마다 창밖을 내다보고 있었다. 나는 그 사람들이 너무 부러웠다.

06. 기억의 여행 - 2

'저 사람들은 어디로 가고 있는 것일까? 어떤 삶을 살고 있을까?' 기차를 바라보며 나는 상상의 나래를 펼쳤다. 매일 그곳으로 달려가 기차를 바라보는 것이 나에게는 일종의 의식이 되어 버렸다. 그 기억이 뇌리에 박혔기 때문일까? 지금 내가 기차여행을 유달리 좋아하는 이유도 그때의 추억 때문일지도 모르겠다.

07. 근원을 찾아 떠나는 여행 - 1

아버지는 종종 나에게 모지항의 추억에 대해 언급하곤 하셨다. 그해 겨울 아버지는
일본으로 유학을 가기 위해 여객선을 타고 있었는데, 오랜 항해와 차가운 바람에 모
두가 지쳐갈 즈음 잠깐 모지항에 들러 쉬는 시간을 주었다고 한다. 사람들은 모두 배
에서 내려 기지개를 켜며 깊은 숨을 들이켰고, 아버지는 근처에 있는 음식점에 들어
가 미소탕 일본식 된장탕 - 옮긴이을 드셨는데, 평생 먹어 본 미소탕 중 제일 맛있었다고
했다. 아버지는 말년에도 가끔 그때 먹었던 미소탕에 대해 말씀하곤 하셨다.

08. 근원을 찾아 떠나는 여행 - 2

훗날 나는 몇 번 모지항을 여행하며 아버지께서 말씀하신 '세상에서 가장 맛있는 미소
탕을 파는 식당을 찾아보았지만 애석하게도 찾지 못했다. 미소탕이 맛있었던 이유는 그
식당의 음식이 특별히 맛있었기 때문이 아니라 오랜 여행으로 지치고 고독한 아버지의
마음에 미소탕 한 그릇이 고향과 같은 따뜻함을 주었기 때문이 아니었을까?

09. 성장의 여행

스무 살이 되기 전 세계로 나가 다른 지역 사람들의 삶을 체험해 보아야만 세상이 나에게 무엇을 필요로 하는지 알 수 있다. 여행을 해본 청년은 더 넓은 시야와 큰 포부를 가질 수 있다. 여행은 세상을 향해 나아가고 나를 변화시키는 시작점이 된다.

10. 선택의 여행

여행 도중 마주치는 갈림길은 인생의 선택과 닮았다. 여러 갈래의 길 중 하나를 택하고, 그 길을 따라가다 보면 마을이 나오고, 만약 그곳이 마음에 든다면 계획보다 오래 머무를 수도 있다. 심지어 그곳에 정착해 일을 찾고, 배우자를 만나 가정을 꾸릴 수도 있다. 만약 그곳이 마음에 들지 않는다면 다시 차에 올라 새로운 여정을 시작하면 된다. 또 다른 갈림길이 나오면 다시 선택을 하고 새로운 마을로 들어서게 된다.

여행의 속도

11. 인생의 여행

생명은 손가락 사이로 빠져나가는 물처럼 자신도 모르는 사이에 모두 사라져 버린다. 앞으로 나에게 주어진 시간이 얼마나 될지는 아무도 모른다. 나에게 아직 꿈을 실현할 시간이 남아 있는 것일까? 고속열차는 청춘의 뜨거운 피다. 짧은 시간 안에 꿈에 닿기 위해 전력으로 내달리는 질주본능이다. 하지만 어쩌면 그것은 청춘에 대한 중년의 집착일지도 모르겠다.

Concept 3 관찰에서 출발하다

12. 탐색의 여행

건축가 후지모리 테루노부가 자주 언급하는 '길 위의 관찰학'은 나 또한 관심이 많은 '도시 관찰 방법' 중 하나이다. 그 핵심은 작은 물체에서 의의를 찾고, 작은 실마리를 통해 도시의 실체를 찾는 것이다. 나는 탐색의 삶을 동경해 왔다. 하나의 도시를 면밀히 탐색함으로써 실마리를 찾아내고, 이를 통해 그 도시의 성격과 상황을 파악하는 것은 제법 흥미로운 과정이다.

13. 건축의 여행

아담하고, 사랑스러우며, 친근하다는 것은 종종 '사람 냄새가 나는 곳'의 척도이기도 하다. 오래된 건물들 사이를 유유히 달리는 전차에는 사람 사는 냄새가 난다. 여행자의 발걸음도 느려진다. 레일과 전차, 도로변의 건물들이 하나의 세트처럼 보인다. 마치 장난감 기차 세트로 만들어 놓은 작은 마을처럼 아늑하고 평화롭다.

Concept 4 이동에서 출발하다

14. 속도의 여행

여행의 속도는 여행자가 본인의 생명에 대해 어떠한 인식을 가지고 있는지 보여 준다. 오늘날 대형 여객기의 등장과 함께 여행은 보다 손쉬운 일이 되었다. 고대인들은 상상도 못했던 세계일주가 이제 많은 사람들에게 현실이 되고 있다.

15. 비행기여행

비행은 여행의 '존재감'을 가장 잘 느낄 수 있는 수단이다. 비록 객실에 앉아 비행의 묘미를 몸으로 다 느낄 수는 없겠지만 '날고 있다'라는 사실만은 확실하게 전해진다. 특히 경비행기를 타면 그 느낌은 비교할 수 없을 만큼 배가 된다. 그리스신화의 이카루스가 날개를 달고 미궁을 빠져나와 상공을 비상하던, 그 짜릿함과 속도가 바로 여행의 진짜 묘미일 것이다.

16   17

16. 기차여행

기차여행은 가장 인간미 넘치는 여행이다. '이동하는 작은 건물' 안에서 편안히 앉아 창밖을 보고 있노라면 어느새 깊은 상념에 빠져들곤 한다.

17. 도로여행 - 1

해가 진 도로에 어둠이 찾아왔다. 밤이 깊어지자 도로 위에 차가 한 대도 보이지 않았다. 오직 멀리 보이는 별빛과 내 차의 헤드라이트 불빛만이 칠흑 같은 공간에서 불안하게 반짝였다. 도로 위를 홀로 달리는 그 고독함과 비장함이 혼자 이 세상을 헤쳐 나가야 하는 우리의 인생과 닮아 있었다.

18. 도로여행 - 2

도로 위의 여정은 인생의 축소판 같다. 길 위에서 사람은 누구나 혼자이고, 고독하다. 나는 어디로 가야 할까 생각해 본다. 길을 잘못 들어섰다 싶으면 과감하게 돌아 나와 자신이 진정으로 원했던 곳을 향해 계속 나아가야 한다.

19. 항해여행

항해는 매우 낭만적인 여행 수단이지만, 고독한 방법이기도 하다. 현대인들은 때로 고독을 원한다. 혼자만의 시간을 가지고 내면과 대화할 시간이 필요하다. 항해는 잠시나마 시끄러운 세상으로부터 나를 분리시킨다. 그러면 영혼은 멀리 수평선과 함께 잔잔해진다. 현대인이라면 한 번쯤 시도해 볼만한 여행 방법이다.

20. 미로여행

젊었을 때, 낯선 도시를 지날 때면 무작정 한번 들러보고 싶은 충동이 들었다. 그 지역을 이해하는 가장 확실한 도구는 자신의 두 다리뿐이다. 발자국을 남겨야 비로소 그곳을 제대로 알 수 있다. 길을 잃고 헤매기도 하겠지만, 그것이 여행의 시작이기도 하다. '길을 잃는' 즐거움을 알아야만 진짜 여행이 시작된다.

| PART 1. | 고속열차의 도시여행

고속열차는 청춘의 뜨거운 피다.
짧은 시간 안에 꿈에 닿기 위해
전력으로 내달리는 질주본능이다.

250 — 350km/hr

속도에 대한 ——— *250* ⟶ ———
욕 망

———

중년의 여행은 청춘의 그것처럼 느긋할 수 없다.

일반열차에 앉아 지루한 시간을 참아낼

마음의 여유가 없다.

유한한 시간 안에 목적지에 도달해야 한다.

하루라도 빨리 일생의 꿈을 실현해야 한다.

350
km/hr ──────────▶ 고속열차는 인간 욕망의 산물이다. 일본은
1960년대에 이미 신칸센 0계 전철인 탄환열차를 개발했다. '탄환열차'
라는 이름이 붙게 된 것은 열차의 속도가 마치 총구에서 튕겨져 나가는
총알처럼 빠를 뿐 아니라, 열차의 머리 부분도 리볼버 회전식 연발 권총
탄두처럼 둥근 모양이기 때문이다. 하지만 현재 탄환열차는 더 이상 운
행하지 않는다.

나는 예전에 동생과 함께 도쿄에서 교토로 가기 위해 이 열차를 이용
한 적이 있다. 당시 신칸센 열차에는 식당 칸이 있었는데, 그토록 빠르게
달리는 열차 안에서도 커피 잔에 담긴 커피가 약간만 출렁였을 뿐 전혀
넘쳐흐르지 않는 것을 보고 놀라움을 금치 못했던 기억이 난다. 카레 같
은 간단한 식사도 제공되었는데, 모든 식탁 위에는 새하얀 식탁보가 깔
려 있었고 그 위에 장미를 꽂은 꽃병도 놓여 있었다.

우리는 식당 칸에 앉아 커피를 마시며 창밖의 풍경을 감상했다. 어찌
나 아늑한지 객실의 좌석보다 더 편안했다. 그래서 자리로 돌아가지 않
고 여행이 끝날 때까지 식당 칸에 앉아 있기로 결심했다. 이것이 나의 첫
신칸센 열차여행이다. 하지만 얼마 후 동일본여객철도사명을 줄여 'JR동일본'
으로도 부름 – 옮긴이가 열차 내 모든 식당 칸을 없애기로 결정했다는 소식이

들려왔다. 그리고 몇 달 후 식당 칸은 신칸센에서 사라지게 되었다. 나는 신칸센의 식당 칸이 사라지기 전 그 편안함과 즐거움을 맛볼 수 있었던 행운아가 된 셈이다.

탄환열차는 일본열도를 넘어 세계 고속철도계에 속도 경쟁을 불러왔다. 유럽의 TGV 열차가 먼저 시속 30km를 경신했다. 그러자 일본의 신칸센이 이에 뒤질세라 100계, 300계 시리즈를 출시했고, 드디어 연필처럼 뾰족한 모양의 500계를 선보임으로써 TGV의 시속 300km를 앞질렀다.

신칸센 고속전철은 일본인들의 체면을 살려 주었지만 일부에서는 의문을 제시하기도 했다. 일본은 국토 면적이 넓지 않아 설령 북쪽 끝에서 남쪽 끝까지 이동한다고 해도 그리 많은 시간이 필요치 않은데 굳이 고속전철이 존재할 이유가 있냐는 것이다. 어쩌면 신칸센은 첨단과학에 대한 열망의 산물에 불과할지 모른다. 당장 필요치도 않고 실용적이지도 않은 최고급 스포츠카에 열광하는 것처럼 말이다. 잘빠진 유선형의 차체와 중저음의 조용하면서도 묵중한 엔진 소리는 운전자의 욕망과 야심을 만족시켜 준다. 그렇기 때문에 최고급 스포츠카와 신칸센의 실체는 '욕망의 기계'라고 할 수 있다. 속도에 대한 욕망, 멀게만 보였던 목적지를 짧은 시간 안에 도달하고 싶었던 갈망을 채워 주는 기계 말이다.

신칸센 500계는 시속 300km 목표를 달성하기 위해 특별히 유럽에서 디자이너를 초빙했다. 차체 전체를 이루고 있는 유선형이 강한 속도감을 느끼게 할 뿐 아니라 음속의 두 배가 넘는 속도를 실현하기 위해 설계되었던 F-104 Star-fighter 전투기처럼 앞머리 부분도 뾰족하게 깎은

연필심 모양이다. 신칸센 500계가 역으로 들어오는 모습을 보고 있자면 뾰족한 머리에 유선형의 몸체가 구불거리며 천천히 진입하는 모습이 마치 강한 독을 품고 있는 한 마리 독사가 들어오고 있는 것 같다.

신칸센의 속도에 대한 열망은 과학이 발전하면서 점점 더 강해졌다. 오리너구리 모양의 700계 열차는 공기역학적 요소를 최적화했으며, 세련미를 한층 더 업그레이드했다. 그때부터 속도뿐 아니라 디자인 때문에 신칸센에 열광하는 사람들이 생겨났다. 동일본여객철도는 이후 E1, E2, E3, E4, E5, E6 등의 시리즈를 개발했는데, 매번 출시 때마다 다른 디자인을 선보였다. 대부분 페라리, 부가티, 람보르기니 등의 유명 스포츠카를 본떴으며, 심지어 E6을 개발할 때는 페라리의 디자이너를 초빙해 페라리 스포츠카를 연상시키는 아키타 신칸센 열차 시리즈 '슈퍼 고마치'를 완성했다. 강렬한 붉은색의 차체 때문에 제팬 레드Japan Red라고도 불린다.

이 '욕망의 기계'를 이용하면 봄꽃이 만개한 도쿄에서 아직 산봉우리에 눈이 하얗게 쌓인 아키타까지 반나절 만에 도착해, 일본이 낳은 세계적인 건축가 안도 다다오의 역작 아키타 현립 미술관을 감상한 후, 붉은 지붕의 신칸센을 타고 다시 도쿄로 돌아와 저녁을 먹는 것이 가능해진다. 속도와 작품에 대한 감상 욕구를 동시에 모두 충족할 수 있는 것이다.

사람들은 과학의 힘을 빌려 점점 더 빨리 원하는 것을 달성하고 싶어 한다. 만약 파리의 건축물들을 감상하다가 문득 프랑스 남부지역에 있는 르 코르뷔지에의 대작이 보고 싶어진다면 리옹 역에서 TGV 고속열차만 타면 된다. 그러면 그날 안에 남부 프로방스에 도착해 르 코르뷔지에의 마르세유 위니떼 다비따시옹과 롱샹 성당을 감상할 수 있다. 건축가라면 누구나 꿈꾸었던 평생의 숙원을 하루아침에 실현할 수 있는 것이다.

스페인의 마드리드에서 AVE 고속열차를 타고 남쪽을 향해 순식간에 광활한 평야를 가로지르면 하루 만에 세비야나 코르도바에 도착할 수 있다. 이곳에서 무어인들이 이룩해 놓은 신비로운 건축물들과 최근 랜드마크로 부상한 메트로폴 파라솔을 감상하는 것도 색다른 경험이다. 먼 옛날 노새에 몸을 싣고 사방을 떠돌던 돈키호테에게 오늘날의 여행 속도는 상상조차 하기 힘든 일이었으리라! 빠른 속도의 여행은 위대한 거장의 건축물을 직접 보고 싶어 하던 많은 사람들의 꿈을 실현해 주었다.

고속열차는 청춘의 뜨거운 피다. 짧은 시간 안에 꿈에 닿기 위해 전력으로 내달리는 질주본능이다. 하지만 어쩌면 그것은 청춘을 붙잡고 싶은 중년의 집착일지도 모르겠다. 많은 사람들이 중년이 되어서야 비로소 얼마나 많은 꿈들이 실현되지 못하고 사라져 갔는지 깨닫는다. 돌이켜 보면 가보고 싶었던 곳들 중 반도 가보지 못하고 세월은 덧없이 흘러갔다. 하늘이 내게 얼마만큼의 시간을 더 허락할지 확신할 수 없다. 그래서 중년의 여행은 청춘의 그것처럼 느긋할 수 없다. 일반열차에 앉아 지루한 시간을 참아낼 마음의 여유가 없다. 유한한 시간 안에 목적지에 도달해야 한다. 하루라도 빨리 일생의 꿈을 실현해야 한다.

나 또한 여행을 할 때면 자주 고속열차를 이용한다. 신속하게 내가 원하던 곳에 도착해 마음껏 즐기고, 흡족한 미소를 띠며 일상생활로 돌아올 수 있기 때문이다.

단 순
그 리 고
순 수 함

_스페인의 AVE 고속열차와 메트로폴 파라솔

country	스페인
city	마드리드, 세비야
travel	AVE 고속열차
speed	310km/hr
place	아토차 역, 레이나 소피아 미술관, 메트로폴 파라솔
artist	피카소, 장 누벨
emotion	고요함, 순수, 즐거움

　　스페인의 광활한 토지를 훑어보기에 AVE 고속열차를 타고 남쪽으로 달리는 방법만큼 제격인 것은 없다. 창밖을 보고 있노라면 끝없이 펼쳐진 대지와 산봉우리마다 위풍당당하게 서 있는 풍차들이 마치 몽환적인 시편의 그림자극처럼 창문에 어리어 한바탕 춤을 추다 금세 자취를 감추기를 반복한다. 돈 키호테가 현대인의 이런 여행 방법을 알았다면 얼마나 부러워했을까.

메트로폴 파라솔
메트로폴 파라솔 위에서는 시내 전경을 내려다볼 수 있고, 그 아래는 그늘이 만들어져 공연 등 각종 행사를 진행하기 적합하다. 또한 그늘에는 자연스럽게 전통시장, 음식점, 커피숍 등이 형성되어 세비야 시민의 삶과 여행객들의 여정이 함께 어우러진다.

스페인 중부에 위치한 마드리드에서 남부지역으로 이동할 때 가장 편리한 교통수단은 AVE 고속열차이다. 오래전의 건축물을 그대로 사용하고 있는 마드리드 아토차 역은 매력적인 기차역이다. 격조 높은 건축물 내부를 온실로 개조해 여행객들은 이 무성한 화목花木의 녹음 속에서 마음의 휴식과 위안을 얻곤 한다. 하지만 2004년, 역으로 진입하던 열차의 일부가 폭파되는 끔찍한 폭탄 테러가 발생했다. 마침 시민들의 아침 출근 시간과 겹쳐 인명피해가 컸다. 그 사건 이후 역 근처에는 당시의 폭탄 테러를 기억하기 위한 예술작품들이 몇 점 전시되어 있다.

기차역 옆에는 내가 특히 좋아하는 거대한 아기 두상이 있다. 순진무구한 얼굴로 깊은 상념에 빠져 있는 듯한 모습은 덥고 건조한 날씨로 지친 여행객들의 마음을 편안하게 만든다. 사람들은 두상을 보며 함께 생각에 잠긴다. 자신 또한 토실토실한 어린 시절의 얼굴로 돌아간 양 태초의 단순함과 환희를 마음 깊은 곳에서 느낄 수 있다.

마드리드의 새 미술관 건물

열차를 기다리는 동안 우리는 근처에 위치한 레이나 소피아 미술관을 찾았다. 오래된 병원을 개조해 만든 이 미술관 안에는 피카소의 중요 예술품들이 전시되어 있어 마드리드를 찾는 여행객이라면 반드시 거쳐야 하는 명소 중 하나이다. 하지만 우리의 목적지는 새롭게 증축된 신관 건

▲
AVE 고속열차
최고속도는 시속 310km이며 앞머리는 주둥이가 뾰족한 오리너구리처럼 생겼다.

▶
아토차 역
역 옆에는 순진무구한 얼굴로 깊은 상념에 빠져 있는 아기 두상이 있다.

물이었다. 신관은 프랑스의 건축가인 장 누벨이 디자인했는데, 건축물 전체에 신선함과 창의력이 배어 있어 보는 내내 감탄이 절로 나온다.

기본적으로 레이나 소피아 미술관의 소장품 대부분은 구관에 보관되어 있고, 신관에는 행정 사무실과 도서 자료실, 식당 및 커피숍 등이 자리하고 있다. 신관은 마치 거대한 첨단과학 우주기지 같다. 유선형의 붉은 조형과 유리상자처럼 생긴 사무실들의 사이를 투명한 엘리베이터가 수직으로 가로지른다. 가장 흥미로운 것은 옥상 전망대의 설계인데, 이곳에 오르면 마드리드의 도시 경관을 한눈에 볼 수 있을 뿐만 아니라 열차가 기차역으로 들어가고 나가는 모습을 생생히 볼 수 있다.

레이나 소피아 미술관은 박물관의 도시인 마드리드의 입체적이면서도 다원화된 면모를 잘 보여 준다. 이 도시에는 오래된 옛 미술관과 함께 전위적이고 기이한 건물이 공존할 수 있는 포용력이 있다. 신관의 중앙 광장에는 현대적인 조각 하나가 높이 솟아 있는데, 천장의 창을 통해 들어온 햇볕이 바닥에 너울거리면서 마치 비온 후의 찬란한 하늘같은 스페인 특유의 여유와 낭만을 연출한다.

땅 위에서의 항해

남쪽으로 내달리는 AVE 고속열차를 타고 창밖을 보고 있노라면 끝없이 펼쳐진 대지와 산봉우리마다 위풍당당하게 서 있는 풍차들이 마치

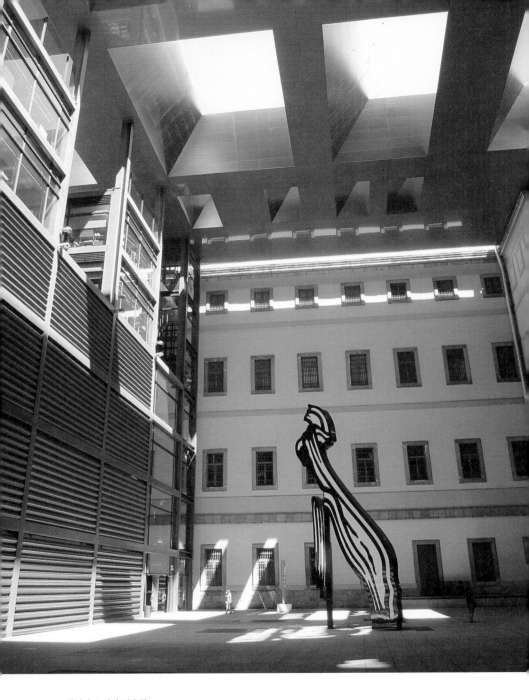

레이나 소피아 미술관
오래된 병원을 개조해 만든 이 미술관은 구관과 신관으로 나뉘는데, 신관은 프랑스의 건축가인 장 누벨이
디자인했다.

몽환적인 시편의 그림자극처럼 창문에 어리어 한바탕 춤을 추다 금세 자취를 감추기를 반복한다.

스페인의 광활한 토지를 훑어보기에는 역시 스페인의 국유철도인 AVE를 타고 남쪽으로 달리는 것만큼 제격인 것도 없다. 돈키호테가 지하에서 이 사실을 안다면 얼마나 현대인들을 부러워할까.

AVE는 독일의 ICE 고속열차 기술을 도입했기 때문에 전반적으로 ICE와 같은 견고함과 강인함이 느껴진다. 최근 스페인의 국유철도공사는 새로운 모델의 열차를 몇 종류 선보였는데, 주둥이가 뾰족한 오리너구리처럼 생긴 열차에서부터 몸체가 투명한 미래형 기차까지 그 모양도 각양각색이다. 하지만 기차역만큼은 하나같이 군더더기 없는 간결하고 깔끔한 구조의 형식을 따랐다. 색다르고 신기한 모양의 열차들이 단순하고 간결하게 정비된 역사로 들어설 때면 스페인의 실용 미학이 새삼 느껴진다.

우리는 호화스러운 비즈니스 칸을 선택했다. 비록 표가 비싸기는 하지만 무거운 짐을 들고 다녀야 하는 외국인 여행객에게는 오히려 안전한 선택일 수 있다. 비즈니스 칸에는 편안한 의자와 시청각 설비가 완비되어 있을 뿐만 아니라 열차 칸 앞쪽에는 회의실처럼 의자가 배열되어 있어 간단한 미팅도 할 수 있다. 서비스 면에서도 비즈니스 칸은 외국인에게 더 우호적이고 친절했다. 점심시간이 되자 간단한 음식과 커피도 제공되었다. 정말 돈이 아깝지 않았다.

세비야, 오래된 도시의 새로운 모습

기차는 빠르게 스페인 남부의 건조한 대지를 지나 아라비아의 분위기가 물씬 풍기는 안달루시아에 도착했다. 이곳은 일찍이 무어인의 지배를 받던 곳으로, 당시 무슬림들이 아라비아의 문화와 미술을 스페인에 들여오면서 기독교와 회교 문화가 융합하여 아름답고 독특한 도시를 형성했다. 1992년 세비야에서 세계박람회가 개최되자 세계의 많은 건축가들이 이곳을 찾아 자신들의 작품을 선보였다. 또한 마드리드와 세비야 간 고속철도 공사에도 탄력을 주어 좀 더 빠른 시일 내에 많은 사람들이 편리하게 남부의 대도시 세비야를 방문할 수 있게 되었다.

2000년대 들어 세비야는 또 한 번의 새로운 변화를 맞이했다. 오랜 세월 동안 굳건히 그 자리를 지키고 있는 세비야 대성당 외에 '메트로폴 파라솔'이라는 새로운 랜드마크가 생겨나 세계 각지의 수많은 관광객을 끌어모으고 있는 것이다. 또한 시내에는 경전철이 개통되어 도시 주요 경관들을 서로 이어 주고 있으며, 공용 자전거 시스템까지 완비하여 여행객들의 편의를 최대한 배려했다.

구舊도심 바닥에 '오페라의 도시'라는 표지판이 새겨져 있는 것을 보니 그제야 〈세비야의 이발사〉, 〈카르멘〉 등이 떠올랐다. 모두 이 오래된 도시를 묘사한 작품들로, 화려한 역사적 건축물들과 대성당과 함께 옛날의 영화와 번영을 말해 준다. 얼마나 많은 유명인사들이 좁고 고불고불한 이 골목길을 지나갔을 것인가. 영광은 시간에 의해 희석되었고 국

세비야
기독교와 회교 문화가 융합하여 아름답고 독특한 도시를 형성했다.

제도시로서의 번성함은 사라졌지만, 파손되고 칠이 벗겨졌을지언정 여전히 이곳에는 그때의 찬란함이 남아 있었다.

나는 구도심에서 매우 흥미로운 것을 발견했다. 이곳 식당들의 쓰레기는 대형 쓰레기차로 처리할 수 없기 때문에 땅 밑에 쓰레기를 운반할 수 있는 별도의 관이 설치되어 있었다. 상가 주인들은 거리에 비치된 우체통 모양의 통 안에 쓰레기를 넣기만 하면 된다. 그러면 쓰레기가 관을 따라 씻겨 내려가게 되어 있어 아주 효율적이다. 청소차를 기다리며 음식물쓰레기에서 나오는 악취를 참아낼 필요도 없다. 사실 스페인의 많은 도시가 이미 이 시스템을 사용하고 있다.

고도古都의 메트로폴 파라솔

스페인의 여름은 강렬한 태양 때문에 머리가 아찔할 지경이다. 하지만 기후가 건조해 그늘로 몸을 피하면 오히려 시원함을 느낄 수 있다. 끈적끈적한 불쾌감이 없다. 그래서 스페인 남부 도시의 거리에서는 오후의 직사광선을 막기 위해 차양이 길게 드리워진 모습을 쉽게 볼 수 있다.

스페인 남부의 대도시 세비야에서는 거리의 흔한 차양 외에 아주 특이한 건축물을 하나 더 발견할 수 있다. 도시 광장 위에 설치된 거대한 구름 형상의 이 물체는 마치 UFO 같기도 하고, 영화 〈인디펜던스 데이〉에 등장하는 하늘을 뒤덮은 우주 항공모함처럼 도시에 색다른 경관을 연출한다. 넓적한 구름 형상이 광장을 덮고 있어 차양의 역할도 톡톡히 하고 있기 때문에 사람들은 이 건축물을 '메트로폴 파라솔'이라고 부른다.

메트로폴 파라솔이 위치한 광장은 고대 로마의 유적이 발견된 곳으로, 원래 발굴 작업이 예정되어 있었다. 하지만 스페인은 이미 고대 로마 유적지가 충분했기 때문에 발굴을 잠정 보류하고 그 위에 새로운 구조물을 설치하는 것으로 계획을 변경했다. 이 구조물은 철근과 콘크리트 대신 목조 방식을 채택한 것이 가장 큰 특징으로, 이렇게 거대한 목조 구조물은 세계역사상 전무하다. 세계 유일무이의 이 거대 목조 구조물의 탄생은 컴퓨터를 이용해 세밀한 계산이 있었기에 가능했다. 표면에는 우레탄 도료를 사용해 비바람에도 더럽혀지거나 훼손되는 것을 방지했다.

오랫동안 세비야의 상징은 세비야 대성당이었다. 세비야 대성당은 고딕양식의 성당 중 세계에서 규모가 가장 큰 것으로, 하늘을 찌를 듯 뾰족하게 솟아오른 탑과 웅장한 내부는 가히 그 시대 최고의 초고층 빌딩으로 군림하기에 손색이 없다. 성당의 탑에 오르면 세비야의 시내 전경이 한눈에 펼쳐진다. 세비야를 찾는 여행객이라면 한 번은 반드시 올라가 봐야 할 필수 코스였다.

하지만 메트로폴 파라솔이 생긴 후 사람들은 성당 대신 이곳에 올라 세비야 전경을 감상하기 시작했다. 메트로폴 파라솔에서는 시내 전경뿐 아니라 세비야 대성당의 탑을 가까이에서 바라볼 수 있다. 파라솔 상층의 회전형 복도를 걷다 보면 마치 내가 거대한 구름을 조종하고 있는 듯

▲
세비야
경전철 시스템으로 세비야의 주요 관광지가 서로 연결되어 있다.

▶
세비야 도심 거리
스페인 남부 도시의 거리에서는 오후의 직사광선을 막기 위해 차양이 길게 드리워진 모습을
쉽게 볼 수 있다.

한 착각에 빠진다. 상하로 구불거리는 복도를 걷는 동안 시내 전체의 지평선이 눈앞에 펼쳐졌다 사라지며 장난을 걸어온다.

메트로폴 파라솔은 '입체적인 광장'이다. 파라솔 위에서는 시내 전경을 내려다볼 수 있고, 그 아래는 그늘이 만들어져 공연 등 각종 행사를 진행하기 적합하다. 또한 그늘에는 자연스럽게 전통시장, 음식점, 커피숍 등이 형성되어 세비야 시민의 삶과 여행객들의 여정이 함께 어우러진다.

메트로폴 파라솔 아래 전통시장을 구경하면서 수많은 토끼고기가 노점에 걸려 있는 모습이 생소하게 다가왔다. 가죽이 벗겨진 채 냉동실에 즐비하게 걸려 있는 토끼고기는 스페인인의 일상적인 식생활을 잘 보여준다. 스페인에서는 해산물 요리를 먹을 때도 토끼고기가 함께 들어가는 경우가 많다. 물론 나 역시도 스페인을 여행하면서 적지 않은 토끼고기를 먹어야 했다.

메트로폴 파라솔
이렇게 거대한 목조 구조물은 세계역사상 전무하다. 메트로폴 파라솔에서는 시내 전경뿐 아니라 가까이에서 세비야 대성당의 탑을 바라볼 수 있다.

하 얀
설 원 을
내 달 리 다

_ 슈퍼 고마치와 안도 다다오의 최신작

country	일본
city	도쿄, 아키타
travel	슈퍼 고마치
speed	320km/hr
place	우에노 역, 아키타 역, 아키타 현립 미술관
artist	오노 노 고마치, 안도 다다오
emotion	몽환적, 환상

슈퍼 고마치는 날카로운 검처럼 전방을 향해 내달렸다. 창밖 풍경은 그 속도를 따라잡지 못하고 뭉개지며 모호한 잔상을 남겼다. 나는 서서히 흐릿한 잠 속으로 빠져들었다. 시간이 얼마나 지났을까? 열차가 속도를 늦추기 시작했다. 일반열차만큼 느려졌음을 느끼며 나는 눈을 떠 창밖을 바라보았다. 눈 앞에 새하얀 설원이 펼쳐지며 솜뭉치처럼 커다란 눈송이들이 창문을 때렸다. 나는 순간 머리가 아찔해졌다. 이게 도대체 어떻게 된 일인가?

平野政吉コレクション

秋田県立美術館
AKITA MUSEUM OF ART

슈퍼 고마치
'고마치'라는 이름은 헤이안 시대 아키타 현 출신의 절세미인이자 여류시인인 '오노 노 고마치'에게서
유래했다.

3월 초, 연분홍 벚꽃이 사방에 필 무렵 동일본여객철도는 제팬 레드 Japan Red로 불리는 아키타행 신칸센 열차, 슈퍼 고마치를 선보였다. '고마치'라는 이름은 헤이안 시대 아키타 현 출신의 절세미인이자 여류시인인 '오노 노 고마치'에게서 유래했다. 그래서 어떤 이들은 이 열차를 '아키타의 미인'이라고 부르기도 한다. 이 시리즈 번호 E6의 신칸센 열차는 페라리처럼 붉은색의 매끈한 몸체를 가지고 있다. 게다가 머지않은 미래에는 시속 320km의 속도로 도쿄와 아키타를 연결해 줄 것이다.

아키타는 일본의 동북쪽에 위치하며 바다와 접해 있다. 나는 아키타하면 아키타 견을 제외하곤 특별히 생각나는 것이 없다. 이런 내가 번화한 도쿄를 떠나 굳이 이곳까지 찾은 이유는 딱 하나다. 바로 슈퍼 고마치를 타고 건축의 대가 안도 다다오의 신작 아키타 현립 미술관을 보기 위해서였다.

꿈같은 시간여행

스포츠카처럼 붉은색의 열차가 우에노 역을 미끄러지듯 빠져나가 동북쪽으로 뻗은 신칸센 간선 위를 달리기 시작했다. 속도가 너무 빨라 흐드러지게 핀 벚꽃을 제대로 감상하기 어려웠다. 특히 센다이를 지나면서 대평원이 나오자 슈퍼 고마치는 날카로운 검처럼 전방을 향해 전속력으로 내달렸다. 창밖 풍경은 그 속도를 따라잡지 못하고 뭉개지며 모

슈퍼 고마치
머지않은 미래에는 시속 320㎞의 속도로 도쿄와 아키타를 연결해 줄 것이다.

호한 잔상을 남겼다. 나는 서서히 흐릿한 잠 속으로 빠져들었다. 시간이 얼마나 지났을까? 열차가 속도를 늦추기 시작했다. 일반열차만큼 느려졌음을 느끼며 나는 눈을 떠 창밖을 내다보았다. 눈앞에 새하얀 설원이 펼쳐지며 솜뭉치처럼 커다란 눈송이들이 창문을 때렸다. 순간 머리가 아찔해졌다. 이게 도대체 어떻게 된 일인가?

'내가 지금 꿈을 꾸는 건가?'

도쿄를 떠날 때만 해도 초봄의 따스한 기운이 대지에 가득했고, 벚꽃은 만개해 있었다. 그런데 몇 시간도 지나지 않아 새하얀 설원 위를 달리고 있다니! 미국의 작가 존 어빙이 쓴 『립 밴 윙클』이라는 단편 소설이 떠올랐다. 독립전쟁이 일어나기 전 카츠킬 산맥 주변의 마을에 살던 게으른 남성 립 밴 윙클이 산에 올라가서 만난 낯선 이에게 술을 얻어 마신 후 하룻밤 만에 20년이 흘렀다는 그 이야기의 주인공처럼 시간을 훌쩍 뛰어넘기라도 한 것일까! 슈퍼 고마치는 나의 시간을 순식간에 봄에서 겨울로 되돌려 버렸다.

창밖의 눈 덮인 봄

사실 아키타 현은 4월 초까지도 눈이 자주 내린다. 특히 그해 겨울에는 일본 동북지방과 홋카이도 일대에 유난히 폭설이 많았다. 심지어 적설량이 5m에 달할 때도 있어 간혹 대형 재난이 발생하거나 관광버스가 눈 속에 갇히기 일쑤였다. 제아무리 초고속의 슈퍼 고마치라고 해도 속도를 늦출 수밖에 없는 이유가 있었던 것이다. 불의의 사고를 피하려면 이곳에서는 최대한 속도를 늦추고 조심조심 전진해야 했다.

그제야 곤한 잠에서 깬 아이들도 눈앞의 광경이 믿기지 않는 모양인지 눈만 동그랗게 뜨고 멍한 표정으로 함박눈이 펑펑 내리는 창밖을 바라보고 있었다. 몸체가 빨간 슈퍼 고마치가 마치 일본 설화에 나오는 요괴처럼 구불거리며 하얗게 눈 덮인 산기슭 위를 천천히 지나갔다. 눈이 그치자 열차는 다시 속도를 내기 시작했고, 우리는 이윽고 아키타 역에 도착했다. 열차에서 내리자 해안가의 스산한 바람이 뼛속을 파고들었다. 달력상으로는 초봄이었으나 이곳에서는 아직 머물러 있는 냉기 때문에 몸이 움츠러들었다.

안도 다다오의 나선형 계단

아키타 역은 다른 기차역과는 다르게 번화함이 없었다. 차가운 바람 때문인지 적막감마저 감돌았다. 간혹 목도리를 두른 여학생들이 잰걸음으로 역사 내 스타벅스로 들어갔다. 거리에서도 사람의 그림자를 찾기 어려웠다. 나는 건너편으로 곧게 뻗은 거리를 향해 걸어가 보기로 했다. 다행히 그곳에서 시내 지도를 발견할 수 있었다. 역 바로 맞은편의 큰 길이 안도 다다오가 설계한 미술관과 곧바로 이어져 있었다.

슈퍼 고마치와 아키타 현립 미술관은 일본 정부가 아키타의 부흥을 위해 얼마나 공을 들였는지를 보여 준다. 슈퍼 고마치를 타고 아키타 역에 내리면, 맞은편으로 심혈을 기울여 계획한 명품거리가 있다. 각종 예술품 가게, 미술관, 명품점 등이 즐비하게 늘어서 있으며, 스피커에서는 가벼운 음악이 흘러나와 거리 끝까지 즐겁게 구경할 수 있도록 유도한다. 바로 이 길의 끝에 안도 다다오가 설계한 미술관이 있다.

1년의 반을 혹한과 싸워야 하기 때문인지 이 미술관의 정입면正立面에는 불필요한 출입구나 창문이 거의 없으며, 노출 콘크리트를 사용해 단순하고 간결하지만 차갑지 않은 느낌을 주었다. 미술관의 로비로 들어서면 삼각형의 로비 정중앙에 나선형으로 올라간 콘크리트 계단이 하나 있는데, 기둥을 전혀 사용하지 않았다. 게다가 천창을 통해 들어온 햇볕이 로비를 비출 때 계단의 모습은 그 자체로 미술관에서 첫 번째로 감상할 수 있는 예술품이 된다.

삼각형의 건축양식은 최근 안도 다다오가 즐겨 사용하는 방식이다. 시코쿠 다카마쓰 시에 있는 언덕 위의 구름 기념관과 최근 완공된 아시아대학의 안도 다다오 미술관에는 모두 삼각형의 유리 외관 건물 안에 콘크리트 내벽이 존재한다. 하지만 아키타 현립 미술관은 유리 외벽을 사용하는 대신 두껍고 무거운 콘크리트 벽을 사용했다. 아키타 현의 혹독한 겨울을 이겨내기 위해서이다.

건축을 공부한 사람들은 이와 같은 삼각형의 공간과, 그 공간 안에 독립적으로 존재하는 계단의 구조가 중국계 미국 건축가 I. M. 페이에게서

아키타 현립 미술관
미술관의 로비로 들어서면 삼각형의 로비 정중앙에 나선형으로 올라간 콘크리트 계단이 있다.

착안되었다는 사실을 알 것이다. 그가 설계한 미술관 공간과 나선형 계단은 가히 최고의 경지에 이르렀다고 할 만큼 우아하고 아름답다. 안도 다다오는 콘크리트를 이용해 I. M. 페이의 공간에 재해석을 시도했다. 하지만 아쉽게도 I. M. 페이의 그것처럼 날렵하고 정교한 맛은 살려내지 못했다.

창문 밖 잔잔한 호수

하지만 아키타 현립 미술관에서 가장 멋진 곳은 계단이 아닌 2층 커피숍이다. 소파가 놓인 창밖으로 경계가 모호한 인공 못이 있는데, 조용하고 잔잔한 물결을 따라 사람들의 시선이 자연스럽게 공원을 지나 공원 안에 위치한 구舊 현립 미술관으로 옮겨지도록 했다. 아키타 현립 미술관에 오면 반드시 커피숍을 들러 봐야 한다는 말이 이해되는 순간이다. 나는 소파에 앉아 아무 말 없이 창밖을 한참 바라보았고, 아주 긴 시간이 지나서야 정신을 차렸다. 나는 그제야 다시 도쿄로 돌아가야 한다는 사실을 깨달았다.

다시 슈퍼 고마치에 올랐다. 돌아오는 길에는 센다이 역에서 내려 구운 소 혓바닥 요리를 저녁으로 먹었다. 나는 늦은 밤이 되어서야 다시 네온사인이 현란한 도쿄로 돌아왔다. 좀처럼 잠이 오지 않았다. 오늘 하루만 무려 2,400km를 달렸다. 도시와 농촌이 이어졌고, 봄과 겨울이 공존했

아키타 현립 미술관
삼각형은 안도 다다오가 좋아하는 건축양식이기도 하다. 천창을 통해 들어온 자연광이 로비 중앙의 계단을
비춘다.

다. 인류가 이뤄낸 속도가 만화 주인공 도라에몽의 '어디로든 문'을 현실이 되게끔 만든 셈이다. 이제 우리는 짧은 시간 안에 수많은 장관을 자신의 눈으로 직접 볼 수 있다. 이것은 인류가 과학의 발전을 위해 땀 흘려 얻어낸 특권일 것이다.

아키타 현립 미술관
미술관에서 가장 멋진 곳은 2층 커피숍이다. 소파가 놓인 창밖으로 경계가 모호한 인공 못이 보인다.

자 연 의
고 요 함 과
소박한 삶을
찾 아 서

_프랑스 TGV 고속열차와 현대 건축물

country	프랑스
city	파리, 리옹
travel	TGV 고속열차
speed	320km/hr
place	리옹 역, 리옹 고속열차 역, 리옹 오페라국립극장, 오렌지 큐브, 리옹 콩플뤼앙스
artist	산티아고 칼라트라바, 장 누벨, 렌조 피아노
emotion	소박함, 단순함, 안정적

　　세속적인 파리를 벗어나 프랑스 남부지역 자연의 단순함과 소박함을 느끼고 싶었다. 유선형의 거대하고 견고한 TGV 고속열차에 몸을 싣는 순간 마음이 놓였다. 육지를 항해하는 이 거대한 선박이 나를 태양이 찬란하게 비추는 안식의 땅으로 인도해 주리라 믿음에 한 치의 의혹도 없었다.

리옹 역
아이들이 리옹 역 근처의 분수공원에서 물놀이를 하고 있다. 멀리 보이는 꽃 뭉치처럼 생긴 예술품이
눈길을 끈다.

파리에 오래 머물다 보면 자신도 모르게 우울해진다. 물론, 파리는 화려하고 우아하며 낭만적인 도시이다. 하지만 관광객을 끌어모으려는 얕은 상술이 판치는 곳이기도 하다. 특히 성수기가 되면 거리가 온통 외국인 관광객으로 발 디딜 틈 없이 북적인다. 시끌벅적한 수다와 웃음소리가 레스토랑과 커피숍의 고상함을 잠식해 버린다. 백화점과 명품 판매점은 돈 많은 외국인들에게 점령당한 지 오래다. 그들은 마치 화수분처럼 끝도 없이 돈을 써댄다. 명품백과 의류, 장신구를 담은 쇼핑백을 양손에 주렁주렁 들고 흡족한 표정으로 거리를 활보하는 외국인들, 그들은 모르리라. 파리의 좀도둑과 강도들의 눈에 그들은 토실토실하게 살찐 최고의 먹잇감이라는 것을!

파리의 세속적인 모습에 염증이 났던 어느 날, 나는 무작정 벗어나고 싶었다.

'남쪽으로 가자!'

내 안에서 작은 목소리가 속삭였다. 어느새 나는 리옹 역으로 향하고 있었다. 오래되고 거대한 역 안에는 날렵하게 생긴 TGV 고속열차들이 '정박'해 있었다. 광활한 평야를 항해해 나를 남쪽의 프로방스까지 데려다 줄 듬직한 함선들이었다. 고전적인 역사驛舍에 첨단기술이 응집된 고속열차들이 정차해 있는 모습은 만화영화 〈은하철도 999〉의 이질적인 공간을 조금 닮은 듯했다. 고전과 과학의 부조화가 묘한 매력을 발산했다.

〈미스터 빈의 홀리데이〉라는 영화가 떠올랐다. 주인공 미스터 빈도

TGV 고속열차
고전적인 역사에 첨단기술이 응집된 고속열차들이 정차해 있는 모습이 이질적이면서도 묘한 매력이 있다.

리옹 역에서 TGV를 타고 프랑스 남부로 이동했다. 아마 그는 영국의 음울하고 차가운 기후를 벗어나 지중해 프로방스의 따스한 태양을 기대하며 여정에 올랐으리라. 파리의 세속적인 분위기를 벗어나고 싶었던 나역시 남부지역의 자연과 그곳의 단순하고 소박한 삶을 느끼고 싶었다. 유선형의 거대하고 견고한 TGV 고속열차에 몸을 싣는 순간 마음이 놓였다. 육지를 항해하는 이 거대한 선박이 나를 태양이 찬란하게 비추는 안식의 땅으로 인도해 주리라는 믿음에 한 치의 의혹도 없었다.

독수리 모양의 리옹 고속열차 역

리옹 역은 두 곳이 있다. 하나는 파리 시내에 위치한 기존의 리옹 역이고, 다른 하나는 리옹 시의 리옹 공항 옆에 위치한 리옹 고속열차 역이다. 웅장하게 서 있는 모습이 마치 날개를 양 옆으로 펼치고 비상을 준비하는 거대한 독수리를 닮았다. 공항으로는 최적의 형상이다. 그래서 많은 사람들이 이곳을 공항으로 착각하곤 한다. 하지만 잘못 들어왔다고 해서 낭패를 볼 일은 없다. 기차역 후문에 바로 공항터미널로 이어지는 통로가 있기 때문이다.

리옹 고속열차 역은 스페인의 건축가 산티아고 칼라트라바가 설계했다. 그는 생물체의 골격 및 근육 모양을 건축물의 구조로 적용하는 데 탁월한 능력을 보여 준다. 특히 교량과 터미널 건축디자인에서 세계 최고

리옹 고속열차 역
새까맣고 매끈한 질감의 철근 골격이 비상을 준비하는 웅장한 독수리처럼 보인다.

로 손꼽힌다. 리옹 고속열차 역의 경우, 새까맣고 매끈한 질감의 철근 골격이 역을 비상을 준비하는 웅장한 독수리처럼 보이도록 했다. 낮에 햇볕이 내리쬐면 마치 거대한 독수리 위에서 빛의 마법 쇼가 벌어지는 것 같다.

리옹 고속열차 역은 밖에서 보면 남성적이고 기계적인 느낌이 강하지만 내부로 들어가면 플랫폼 공간은 또 다른 분위기를 선사한다. 모든 구조재가 유기적인 곡선을 그리며 모습을 그대로 드러내고 있어, 마치 새의 몸속에 들어와 있는 것 같은 착각이 들게 한다. 생물체 근육의 결 하나하나처럼 보이다가도 천창을 통해 빛이 들어오면 아라비아의 기하학적 원형과 같은 미묘한 도안이 드러난다. 그제야 사실 이 거대한 새가 이미 죽은 지 오래된 화석의 잔해라는 것을 깨닫게 된다. 그리고 영화 〈프로메테우스〉의 무모하고 용감한 지구인들처럼 미지의 생명체 속에서 인류 기원의 흔적을 찾아 헤매고 있는 자신을 발견하게 될 것이다.

잠시 시끄러운 도시를 벗어나다

산티아고 칼라트라바, 그는 존경할 수밖에 없는 천재 건축가이다. 그의 작품은 항상 감탄을 자아낸다. 스페인 발렌시아를 여행할 때, 칼라트라바가 자신의 고향을 위해 설계했다는 '예술 과학 도시'를 보고 연신 탄성을 질렀던 기억이 난다. 생물체의 역동성을 절묘하게 살린 흰색 건축

리옹 고속열차 역
리옹 고속열차 역은 스페인의 건축가 산티아고 칼라트라바가 설계했다. 그는 생물체의 골격 및 근육모양을 건축물의 구조에 적용하는 데 탁월한 능력을 보여 준다.

물들의 조합은 마치 과학이 고도로 발달한 외계 횡성에 있는 착각을 불러일으켰다. 한번은 영화 〈스타워즈〉의 팬들이 이곳에 집결해 퍼포먼스를 선보인 적이 있는데, 그들이 입었던 흰색 투구와 갑옷이 (스타워즈 팬들은 '백색의 병사'라고 부른다.) 공상과학 영화 같은 '예술 과학 도시'와 아주 잘 어울렸다. 〈스타워즈〉가 처음부터 이곳에서 촬영되었다고 해도 믿을 것 같았다.

프랑스 남부도시 리옹 시의 고속열차 역은 우주정거장이자 세속의 시끄러움으로부터 도망쳐 나온 방랑자의 목적지다. 그의 도피를 기꺼이 도와준 우주선은 이윽고 안식의 땅에 도착한다. 이곳에서는 휴식을 통해 새로 출발할 수 있는 힘을 얻는다. 리옹에 계속 머물든, 이곳을 떠나 프로방스 혹은 지중해로 떠나든, 독수리를 닮은 이 역은 날개를 활짝 펴고 언제든 당신이 떠날 수 있도록 도울 것이다. 그리고 다시 새로운 여행자들을 맞이하리라.

도시의 지붕에서 추는 발레

리옹 시청사 뒤편으로 리옹 오페라국립극장이 있다. 르네상스 시기의 오래된 건축물이지만 1993년 장 누벨이 리노베이션했다. 외관은 그대로 둔 채 내부만 현대화했으며, 새로 지하실을 파고 무용수들이 연습실로 사용할 수 있는 돔을 추가해 건물의 기능적인 부분을 크게 보강했다.

덕분에 리옹 오페라국립극장은 시에서 가장 중요한 문화공간으로 자리매김함과 동시에 본래의 랜드마크 역할도 유지하게 되었다.

리옹 시청 뒤쪽으로 조금 걸어가면 리옹 오페라국립극장을 쉽게 찾을 수 있다. 아치형 지붕의 고전적인 외관과 달리 상당히 실험적이고 전위적인 내부는 초현실적인 경이로움이 느껴진다. 불현듯 일본 애니메이션 감독 오토모 가츠히로의 작품 〈노인 Z〉가 떠올랐다. 영화 후반부에 거대한 괴물이 등장하는데, 외형은 가마쿠라 대불大佛의 모습이지만 그 내부는 첨단과학의 산물인 컴퓨터 뇌와 각종 기계 부품이 결합된 거대 로봇이다. 고전적인 껍데기와 전위적인 영혼이 제자리를 찾지 못하고 부조화된 모습을 보인다.

하지만 장 누벨은 이러한 이질감을 최소화했다. 그는 이상적인 설계를 통해 예술 공연 시 필요한 것들을 고전적인 몸체에 담아냈다. 이미 오래전 숨이 끊어진 시체에 생명을 불어넣어 다시 활력이 돌도록 만들었다. 극장이 완성되자 건축계와 예술계는 일제히 뜨거운 찬사를 보냈다. 리옹 오페라국립극장은 오래된 건축물을 재활용한 성공적인 사례가 되어 기념비적인 의미를 남겼다.

건물에서 가장 감탄할 만한 부분은 증축된 돔 부분의 발레연습장이다. 리옹 오페라국립극장은 세계적 수준의 발레단을 운영하고 있다. 그들은 매일 엄격한 발레 훈련을 받는다. 증축된 아치형 돔은 통유리창으로 이루어져 있는데, 창밖으로는 도시 전체의 지붕이 한눈에 내려다보인다. 높이가 제각각인 붉은 기와지붕은 한 폭의 그림 같다. 이런 곳에서 발레를 연

리옹 오페라국립극장
장 누벨이 리노베이션했다. 르네상스 시대의 옛 외관은 그대로 둔 채 내부만 현대화했으며, 새로 지하
실을 파고 무용수들이 연습실로 사용할 수 있는 돔을 추가했다.

습한다면 마치 도시의 하늘 위에서 춤을 추는 것과 같은 기분이리라! 어릴 때 보았던 디즈니의 가족영화 〈메리 포핀스〉에서 굴뚝 청소부들이 지붕 위에서 춤을 출 때의 기분이 이렇지 않았을까 생각해 본다.

도시 사람들에게 있어, 지붕이나 옥상은 자주 가는 곳이 아니다. 대부분의 시간을 지면에서 보내기 때문에 이곳들은 흉측하게 방치되기 십상이다. 타이베이의 옥상은 불법 간이건물과 TV 안테나, 물탱크, 혹은 신단神壇이 어지럽게 놓여 있어 도시의 흉물이 된 지 오래다. 하지만 리옹의 지붕은 고상하고 우아하다. 발레리나는 요정과 같은 섬세한 동작으로 리옹의 빨간색 지붕 위를 사뿐히 밟으며 춤을 춘다. 매번 연습을 할 때마다 도시를 다 가진 기분이 들 것 같다! 이렇게 환상적인 연습실을 가진 리옹 발레단은 세계에서 가장 행복한 발레단임에 틀림없다.

유머감각이 돋보이는 치즈 건물

리옹의 강변에는 눈에 띄는 감귤색의 건축물이 있는데, 그 모양이 거대한 치즈 같다. 정면의 움푹 팬 부분은 마치 쥐가 한입 베어 먹은 듯하다. 이 오렌지 큐브는 눈길을 끄는 외관 때문에 수많은 사람들이 기념사진을 찍는 도시의 명물이기도 하다. 건축가의 유머감각이 돋보이는 이 건물은 리옹의 도시 부흥 프로젝트인 신도시 개발구 리옹 콩플뤼앙스의 엔진 역할을 하고 있다.

오렌지 큐브

리옹의 강변에는 눈에 띄는 감귤색의 건축물이 있는데, 그 모양이 거대한 치즈 같다. 정면의 움푹 팬 부분은 마치 쥐가 한입 베어 먹은 듯하다.

리옹은 옛 멋이 풍기는 고전적인 도시에 그치지 않는다. 최근 몇 년 사이 이곳에는 새로운 건축물들이 속속 등장했다. 1990년대 리옹 시는 저명한 이탈리아 건축가 렌조 피아노를 초빙해 국제도시의 기획을 맡겼다. 37헥타르의 부지에 다용도 상업지구를 건설하고 사무실 건물도 세웠다. 또 최근 몇 년 동안 낙후된 공업용 항구였던 론 강과 손 강의 교차지역 일대를 리옹 콩플뤼앙스로 탈바꿈시켜 오늘날 리옹에서 가장 번화하고 비싼 곳으로 만들었다.

가장 번화한 그곳, 리옹 콩플뤼앙스

리옹 콩플뤼앙스에는 사무용 건물뿐 아니라 세련됨이 돋보이는 비즈니스 센터와 호텔, 익스프레스 시스템, 운하를 바라보고 있는 각종 호화 주택들이 한데 어우러져 있어, 수많은 직장인과 관광객들로 북적이는 비즈니스의 중심지이자 관광명소이다. 하지만 처음부터 이랬던 것은 아니다. 개발 초기에는 시발점이 되어 줄 무엇인가가 필요했다. 리옹 시의 입찰수주를 따낸 것은 파리 건축 스튜디오의 제이콥과 맥팔레인이었다. 그들이 완성한 오렌지 큐브는 기상천외한 디자인과 오렌지색의 눈에 띄는 외관으로 단숨에 리옹 콩플뤼앙스의 랜드마크로 부상했고, 이후 수많은 투자자들이 몰려들기 시작했다.

제이콥과 맥팔레인은 전위적인 건축 공간에 탁월한 능력을 보인다.

파리의 퐁피두 문화예술센터 6층에 있는 옥상 레스토랑 조르주의 아름답고 독특한 실내공간 역시 이들에 의해 디자인되었다. 오렌지 큐브는 형광색의 오렌지 빛깔을 띠고 있기 때문에 보지 않으려고 해도 눈에 띌 수밖에 없다. 건물 표면에 있는 치즈 구멍처럼 생긴 크고 작은 구멍들은 일조량을 효과적으로 조절해 준다. 산업적인 항구도시 내에 문화와 상업 시설을 들이는 도시 프로그램의 일환으로 건설된 만큼, 오렌지 큐브는 처음부터 사무실 외에 전시공간까지 함께 고려해 설계되었다. 이 특별한 건물은 여전히 많은 사람들이 찾는 도시의 대표적인 문화공간 역할을 톡톡히 하고 있다.

오렌지 큐브가 완공된 후 리옹 콩플뤼앙스에 변화의 바람이 불기 시작했다. 오래된 항구의 창고에는 점점 많은 물건들이 쌓이기 시작했고, 새 사무용 건물들이 우후죽순처럼 세워졌다. 운하 옆으로 대형 쇼핑몰과 호화주택들이 들어서면서 리옹 콩플뤼앙스는 몇 년 사이 리옹에서 가장 번화한 곳으로 변모했다. 현재 전위적인 모양의 박물관이 시공 중인데, 이 박물관이 개관하면 리옹 콩플뤼앙스는 더 크게 번성할 것이다.

침이 꼴깍 넘어갈 정도로 먹음직스러운 치즈처럼 보이기도 하는 오렌지 큐브는 일종의 미끼 같다는 생각도 든다. 사람들의 주의를 끌어 이곳, 리옹 콩플뤼앙스를 찾도록 만들었으며, 투자자들의 관심과 흥미를 일으켰다. 건물 하나로 괄목할 만한 투자유치 성과를 거두다니. 오렌지 큐브를 생각해낸 사람들이야 말로 진정한 투자유치의 고수일 것이다.

리옹 콩플뤼앙스
오렌지 큐브로 인해 리옹 콩플뤼앙스에 사무실, 비즈니스 센터, 호텔 및 고급 주택 등이 뒤를 이어 들어
서기 시작했다.

| PART 2. | 철로 주변의
작은 마을여행

자리에 앉아

창밖의 아름다운 풍경을 바라보고 있노라면

마음이 편안해지는 것을 느낀다.

아무 일도 할 필요가 없다.

그냥 편히 앉아서 쉬고 있으면 된다.

몸만 쉬는 것이 아니다.

마음도 그 시간만큼은 휴식을 취할 수 있다.

100 — 150km/hr

어린 시절의 추억이 서린 100
기차여행

어른이 된 후 나는

기차를 탈 때마다 어린 시절의 추억이 떠올랐다.

그때 나는 더없이 안락했고, 마냥 즐거웠다.

기차여행은 번잡한 일상생활에서 잠시나마 벗어나

조용하고 단순한 세계로 갈 수 있도록 해준다.

$$\overset{150}{\underset{km/hr}{\rule{4cm}{0.4pt}}}\longrightarrow$$ 나는 비행기여행보다 기차여행을 선호한다. 일본이나 유럽을 여행하면서 나는 되도록 기차를 이용했다. 내가 기차여행을 선호하는 이유는 특별한 행복감 때문이다.

자리에 앉아 창밖의 아름다운 풍경을 바라보고 있노라면 마음이 편안해지는 것을 느낀다. 제일 중요한 것은, 기차를 타고 있을 동안만큼은 적어도 자리를 떠나지 않아도 된다는 사실을 본인 스스로 잘 알고 있다는 점이다. 아무 일도 할 필요가 없다. 그냥 편히 앉아서 쉬고 있으면 된다. 몸만 쉬는 것이 아니다. 마음도 그 시간만큼은 휴식을 취할 수 있다.

기차를 타면 왠지 모르게 익숙한 느낌이 든다. 그 행복감은 종종 나를 어릴 적 추억으로 인도한다. 유치원 때 나는 타이베이의 스린 중정로에 살았다. 근처에 항구가 있었는데, 매일 유치원 수업이 끝나면 항구 철도로 달려가 지나가는 기차를 바라보았다.

'저 사람들은 어디로 가고 있는 것일까? 어떤 삶을 살고 있을까?'

기차를 바라보며 나는 상상의 나래를 펼치곤 했다. 매일 항구로 달려가 기차를 바라보는 것이 나에게는 일종의 의식이 되어 버렸다. 그 기억이 뇌리에 박혔기 때문일까? 지금 내가 기차여행을 유달리 좋아하는 이유는 그때의 추억 때문인지도 모르겠다.

초등학교를 다니던 시절, 여름방학이 되면 부모님은 나를 데리고 타이완 남쪽에 위치한 가오슝 시로 떠났다. 그곳에는 고모가 살고 있었다. 우리 가족은 전형적인 타이완의 남쪽지방 사람들이다. 아버지는 어렸을 때 가오슝 시에서 자랐다. 나도 신분증상 '가오슝 사람'이라고 되어 있지만 사실 나는 타이베이에서 태어나고 자랐다. 우리 가족은 여름방학만 되면 온 가족이 남쪽으로 이동할 짐을 꾸리느라 분주했다.

당시 타이베이에서 가오슝까지는 기차로 5~6시간 정도 소요되었으며, 심지어 7~8시간이 걸릴 때도 있었다. 아침에 타이베이 기차역에서 기차를 타면 해가 질 무렵에야 가오슝에 도착할 수 있었다.

오랜 시간을 기차에서 보내야 하기 때문에 미리 만반의 준비를 해야 했다. 어머니는 도시락, 간식, 과일 등을 바리바리 싸셨고, 때로는 자석 장치가 있는 장기나 체스판도 준비하셨다. 우리는 기차 안에서 창밖의 아름다운 경치를 즐기고, 맛있는 음식을 먹었으며, 장기를 두거나 신문을 읽는 등 여유롭고 즐거운 시간을 보냈다. 먼 여정이었지만 결코 힘들지 않았다. 오히려 너무 신 나고 즐거웠다! 어린 시절의 추억 때문에 나는 지금도 기차여행을 할 때면 따뜻함과 행복을 느낀다.

창밖을 보고 있노라면 뜨거운 태양 아래 영글어 가는 초록색 벼와 구슬땀을 흘리며 열심히 일하는 농부의 모습이 보이기도 했다. 줄곧 도시에서만 자란 나는 전원의 생활이 어떤 것인지 알지 못했다. 농촌의 모습을 볼 수 있는 것도 오직 기차를 탔을 때뿐이었다. 봄, 여름, 가을, 겨울, 사계절의 아름다운 변화를 확연히 느낄 수 있는 것도 기차를 탈 때만 얼을 수 있는 값진 수확 중 하나였다.

일반적인 철도 레일에는 익스펜션 조인트열의 팽창 따위에 의한 본체의 손상을 막기 위해 자재 간 여유를 둔 것 - 옮긴이가 있어 운행시 '덜컹덜컹' 하는 박자가 생긴다. 이 박자는 수면을 촉진하는 효과가 있다. 그래서 기차에 타면 잠이 소르르 쏟아지곤 한다. 하지만 고속열차의 레일은 익스펜션 조인트 부분이 없기 때문에 이러한 기차 특유의 박자를 느낄 수 없다. 그래서 나는 때로 일부러 일반 기차를 이용하곤 한다. 일반 기차만이 가지고 있는 특별한 행복감을 느끼기 위해서이다.

사실 나이가 든 후 일반 기차를 타고 여행을 하는 이유는 어린 시절에 대한 아련한 추억을 회상한다는 의미도 있지만, 잠시나마 복잡하고 머리 아픈 현실에서 벗어나 조용한 나만의 시간을 가지고 싶기 때문이기도 하다. '덜컹덜컹' 하는 기차의 박자가 마치 평온한 상태의 심장박동 같다. 창밖의 풍경은 쉼 없이 창문에 어리었다 사라지면서 사고를 자극한다. 잔유물들이 가라앉은 뇌는 잔잔한 호수처럼 맑아지고, 잡념이 사라지고 나면 진짜 핵심적인 생각들이 속도를 높여 앞을 향해 전진한다. 이 순간의 뇌는 그 어느 때보다 맑고 민감하다!

기차를 타고 건축물을 참관하는 여행은 온전한 나만의 시간이다. 돌아오는 길에는 건축물에 대한 경의와 감탄을 곱씹으며 감상의 효과를 극대화할 수 있다. 어쩌면 사치스럽게 보일 수도 있겠지만, 나는 여전히 이러한 여행 과정을 몹시 좋아한다.

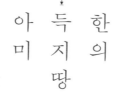

아 득 한
미 지 의
땅

_슈퍼 히타치와 세계의 끝

country	일본
city	도쿄, 이와키, 히타치
travel	슈퍼 히타치
speed	130km/hr
place	청수사, 헤이와도오리 벚꽃터널, 히타치 역, 갈매기 카페
artist	쿠사마 야요이, 무라카미 하루키, 세지마 가즈요
emotion	처량함, 화려함, 사랑, 죽음, 냉정함, 공포

그곳은 다른 종착역과는 달랐다. 레일은 전방을 향해 길게 이어져 있었지만 기차는 더 이상 전진하지 않았다. 저 너머의 세상은 마치 인간이 범접할 수 없는 다른 세계처럼 보였다.

헤이와도오리 벚꽃터널
헤이와도오리의 벚꽃터널이 만든 '벚꽃의 바다'를 보면 나도 모르게 가슴이 뛴다. 차를 타고 터널을 지나는 기분은 마치 천당의 입구에 들어서는 것처럼 황홀하다.

그해 도쿄의 벚꽃은 평년보다 몇 주 일찍 피었다. 연분홍빛으로 찬란하게 피어난 벚꽃들은 3월 말이 되자 이미 바람에 휘날리며 떨어지기 시작했다. 어지럽게 흩날리던 벚꽃 잎들이 이내 바람에 쓸려 공원 언저리에 모여들었다. 그 모습은 무척 아름다웠지만 웬지 처량하게 느껴졌다. 나는 그 순간 죽음과 세계의 종말에 대해 생각하고 있는 자신을 발견하고 깜짝 놀랐다.

쿠사마 야요이라는 설치 미술가는 벚꽃이 휘날리는 공동묘지를 배경으로 다큐멘터리를 촬영한 적이 있다. 화면에서 그녀는 흰색 물방울무늬의 빨간 원피스를 입고 머리에는 빨간색 가발을 쓰고 있었다. 그녀는 묘지 한가운데 서서 입으로 무엇인가를 중얼거리고 있었는데, 그것은 본인이 쓴 사랑과 죽음에 관한 시였다.

내가 도쿄로 돌아왔을 때 벚꽃은 이미 다 지고 난 후였다. 찬란했던 순간이 눈 깜짝할 사이에 지나가 버린 것이다! 한 생명에게 젊은 시절이 찰나의 순간이듯, 아름다운 시간은 세월의 강에 짧은 한숨만 남기고 사라져 버린다. 나는 너무나 아쉬운 마음에 이대로 보낼 순 없다는 생각이 들었다. 그 끝자락이라도 잡고 싶었다. 그래서 무작정 기차를 타고 북쪽을 향해 떠나기로 마음먹었다. 그런데 뜻하지 않게 이 여정이 향한 곳은 '세상의 끝'이었다.

세계의 경계에 멈춰 선 열차

나는 조반센동일본여객철도의 철도 노선 가운데 하나 - 옮긴이의 신형 전차인 슈퍼 히타치 657계를 타고 벚꽃을 쫓아 북쪽으로 향했다. 단호함과 강인함이 느껴지는 슈퍼 히타치의 외형은 남성적이었으며, 내부는 전체적으로 짙은 원목 느낌의 공간에 검은색 의자를 배치하고 있었다. 승차감도 신칸센에 결코 뒤지지 않았다. 원래 이 열차는 도쿄 북쪽의 산업도시를 출퇴근 하는 사람들을 위해 특별히 제작된 것이다. 그들 대부분은 도쿄에 살면서 사무실이나 공장에 출근하기 위해 매일 조반센을 탄다.

원래 조반센 북행선을 타면 태평양 연안을 끼고 곧바로 미야기 현의 센다이까지 갈 수 있다. 하지만 후쿠시마 원전사고 발생 후 그 노선은 중단되었고, 현재는 이와키 역까지만 운행한다. 다른 레일의 종착지점과 달리 이 열차의 종점에는 가드레일이나 충돌방지장치가 없다. 계속 알수 없는 먼 곳을 향해 길게 이어져 있을 뿐이다. 레일만 있을 뿐 그 위를 달리는 기차는 없다. 마치 저 너머에 다른 세계가 있는 것처럼 인간이 탄열차는 더 이상 전진하지 못한다!

그곳은 '세계의 끝'이라기보다 '두 세계의 경계'라고 말하는 것이 더 맞을 것 같다. 무라카미 하루키의 소설『세계의 끝과 하드보일드 원더랜드』에 묘사된 'The end of the world'라는 곳처럼 만약 북쪽으로 더 전진한다면 죽음이라는 냉혹한 세계로 서서히 빠져들 것만 같다. 사람들에게 버려진 오염된 땅. 그곳은 방사능이라는 공포와 절망의 황제가 통치

슈퍼 히타치
단호함과 강인함이 느껴지는 슈퍼 히타치의 외형은 남성적이다. 도쿄와 북쪽의 산업도시를 이동하는 직장인들에게 매우 중요한 교통수단이다.

하는 또 다른 국가이다.

감춰진 불안 속에 핀 벚꽃터널

이와키 시의 시민들은 '두 세계의 경계'에 살고 있다. 원전사고의 재난
이 휩쓸고 간 '죽음의 원더랜드'와 결코 멀지 않은 곳에서 살고 있지만
그들의 삶은 이상할 정도로 평온하다. 평소처럼 장사를 하고, 학교에 가
며, 출근을 하고, 친구와 커피숍에 앉아 수다를 떤다. 그들의 모습은 마
치 방사능의 위협을 무시하고 있는 것처럼 보인다. 하지만 사실은 마음
속 깊은 곳의 공포를 애써 감추고 있을 뿐이다.

침착하지만 어디지 모르게 싸늘한 기운이 감도는 이와키 시와 달리
히타치 시는 '세계의 경계'에서 조금 떨어져 있기 때문에 시민들의 표정
이 훨씬 편안해 보인다. 특히 벚꽃이 만개할 무렵이면 헤이와도오리에
벚꽃터널이 형성되어 시 전체에 낭만과 기쁨을 선사한다. 히타치 시는
전형적인 기업도시고용·주택 등을 한 기업에 의존하는 도시 – 옮긴이로, 도시 전체가
히타치 내의 공업 기지나 마찬가지이다. 이곳 주민들은 대부분 히타치
중공업으로 출근하거나, 히타치사社에 의존해 생계를 유지하고 있다. 버
스 정류장 부근에서도 히타치 중공업의 굴뚝이나 대형 기계장비를 종종
발견할 수 있다.

하지만 최근 몇 년 동안 히타치 시가 시행한 도시 재정비 사업의 결과

지금은 새로운 면모를 보이고 있다. 시내 곳곳에 벚꽃나무를 대대적으로 심은 결과 매년 봄이면 사방에서 벚꽃을 볼 수 있게 되었다. 심지어 지금은 일본 간토 지역에서 가장 유명한 벚꽃 명소로까지 이름을 알리게 되었다.

헤이와도오리의 벚꽃터널이 만든 '벚꽃의 바다'를 보면 나도 모르게 가슴이 뛴다. 차를 타고 터널을 지나는 기분은 마치 천당의 입구에 들어서는 것처럼 황홀하다. 헤이와도오리에는 육교가 하나 있는데 이 찬란한 순간을 사진으로 남기기에 가장 안성맞춤인 곳이다. 높은 곳에서 '벚꽃의 바다'를 내려다보고 있노라면 구름 위에 서 있는 신선이 된 것 같다.

불현듯 교토의 청수사가 생각났다. 정교한 목공예 기술과 웅장한 구조를 자랑하는 사찰 본당은 사방이 뚫려 있어 산 전체를 전망할 수 있다. 경관이 수려하기로도 유명한데, 특히 봄이 되면 발아래가 온통 벚꽃 천지로 변해 연분홍의 극락세계를 보는 듯하다. 그 풍경이 어찌나 아름다운지 한번은 어떤 여행자가 벚꽃들을 향해 몸을 던져 추락사하는 사고도 발생했다고 한다. 가장 아름다운 시기에 생명의 종지부를 찍는 것은 어쩌면 일본인의 '벚꽃 철학벚꽃처럼 짧고 화려한 인생을 살거나, 혹은 전쟁에 나가 장렬히 전사함을 의미 - 옮긴이'을 잘 보여 주는 사건인지도 모르겠다.

헤이와도오리 벚꽃터널
히타치 시가 시내 곳곳에 벚꽃나무를 대대적으로 심은 결과 매년 봄이면 사방에서 벚꽃을 볼 수 있게
되었다. 심지어 지금은 일본 간토 지역에서 가장 유명한 벚꽃 명소가 되었다.

유리상자에 앉아 태평양을 바라보다

사방이 투명한 통유리로 이루어진 JR 히타치 역은 모던한 매력이 돋보이는 건축물이다. 일본의 여성 건축가 세지마 가즈요가 설계했으며, 역사驛舍 건물 전체가 지면에서 한 층 정도 떨어지도록 한 것이 특징이다. 입면立面이 통유리로 되어 있어 역사驛舍와 바다를 전망할 수 있는 가장 좋은 장소로 탈바꿈시켰다. 건물 내부에는 그녀가 직접 설계한 특이한 모양의 의자들이 배치되어 있는데, 그 의자에 앉아 끝없이 펼쳐진 바다를 보고 있노라면 이곳이 혼잡한 역이라는 사실을 깜박 잊게 된다.

세지마 가즈요는 히타치 역을 설계하면서 특별히 바다가 보이는 쪽에 '갈매기 카페 Seabird's Cafe'라는 이름의 커피숍을 추가로 만들었다. 사면이 통유리로 이루어진 커피숍 안에는 하얀색 박스가 있는데, 그곳이 주방이다. 커피숍에 앉아 커피를 마시다 보면 실제로 바다 위를 날아다니는 갈매기들을 볼 수 있다. 세지마 가즈요는 원래 역사驛舍 디자인은 잘 하지 않는 편이다. 그런 그녀가 히타치 시까지 와서 특별히 새 역사를 설계했다는 사실이 의아했는데, 알고 보니 이곳이 그녀의 고향이었다. 건축가로서 본인의 고향에 작품 하나 정도는 남기고 싶었을 것이다.

세지마 가즈요의 유리 건축 작품은 확실히 해변과 잘 어울린다. 사람들은 투명한 유리상자 안에 앉아 한없이 펼쳐진 푸른 바다를 바라본다. 이런 곳에서 열차를 기다리다 보면 자신도 모르게 철학적인 사고에 빠져든다. 정신없이 바쁜 일상에서 잠깐이라도 짬을 내어 마음을 차분히

JR 히타치 역
세지마 가즈요가 설계한 히타치 역은 사방을 통유리로 처리한 모던한 매력이 돋보이는 건축물이다.

가라앉히고 생각을 정리하기란 쉽지 않다. 나는 '갈매기 카페'에 앉아 소중한 한때를 보냈다. 한참 후, '세계의 끝'을 떠나 다시 번잡한 일상으로 돌아가야 할 시간이 되었음을 깨달았다. 앞으로도 지금처럼 바쁜 삶을 살겠지만 한때 유리벽에 기대어 멀리 바다를 바라보던, 여유로웠던 그날의 오후를 잊지 않을 것이다.

갈매기 카페
커피숍에 앉아 커피를 마시다 보면 실제로 바다 위를 날아다니는 갈매기들을 볼 수 있다.

설 원 위 에 서
마 음 의 위 안 을
얻   다

_ 슈퍼 하쿠초와 겨울의 어드벤처

country	일본
city	하코다테, 도와다
travel	슈퍼 하쿠초
speed	120km/hr
place	쓰가루 해협, 하코다테 역, 도와다 미술관, 아오모리 현립 미술관, 목조 역
artist	쿠사마 야요이, 니시자와 류에, 나라 요시토모, 아오키 준
emotion	모험, 귀여움, 괴상함, 편안함, 안정감, 치유, 느슨함

홋카이도의 해저터널을 출발한 열차는 쓰가루 해협 지하의 해저터널을 통과해 안전하게 아오모리 현에 도착한다. 열차의 운전 칸은 머리 부분의 높은 곳에 위치한다. 이렇게 하면 거센 눈보라가 몰아칠 때도 시야를 가리지 않아 운전하기 유리하다.

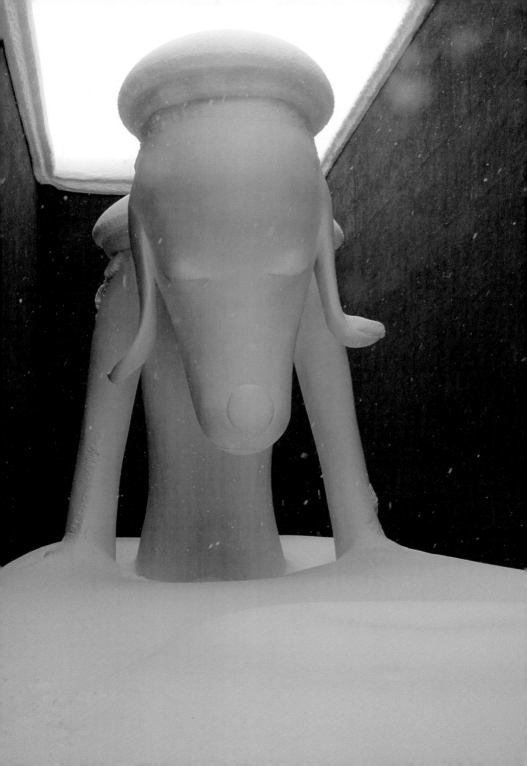

도와다 미술관
도와다 미술관의 정원에는 쿠사마 야요이의 작품이 있다. 물방울무늬 원피스를 입은 소녀와 강아지, 앙 증맞은 버섯은 최근 쿠사마 야요이 작품의 주요 테마이다.

눈보라가 세차게 몰아치는 겨울, 우리는 홋카이도의 하코다테라는 도시에 도착했다. 눈으로 뒤덮인 하코다테는 푸르른 여름의 모습과는 완전히 달랐다. 비탈길이 얼어붙어 한 걸음 한 걸음 조심하며 내딛어야 했다. 하지만 붉은 벽돌의 오래된 창고 건물은 설경과 어우러져 한층 더 아름다워 보였다.

하코다테에서 산에 오르면 쓰가루 해협이 보인다. 해협의 반대편은 아오모리 현이다. 나는 예전에 쓰가루 해협을 건너 아오모리 현으로 간적이 있다. 하지만 그때는 여름이었다. 대형 고속 여객선을 탔는데, 해협을 지나고 있음에도 불구하고 선체가 균형을 잘 잡고 안정적으로 운행해 아오모리까지 꽤 편하게 갔던 기억이 있다.

눈보라 속을 달리는 열차

하지만 이 여객선은 운항을 중단했다. 타이완 기업에 매각되어 현재 타이완의 지룽 시와 화롄 시를 오간다고 한다. 게다가 겨울에는 해협의 운항조건이 열악하다. 그래서 우리는 동일본여객철도의 슈퍼 하쿠초 열차를 타기로 결정했다. 홋카이도의 해저터널을 출발한 열차는 쓰가루 해협 지하의 해저터널을 통과해 바로 아오모리 현에 도착한다. 따라서 혹한의 날씨에도 기후의 영향을 받지 않고 맞은편 기슭에 도달할 수 있다.

우리는 하코다테 역에서 슈퍼 하쿠초를 탔다. 슈퍼 하쿠초와 홋카이

하코다테

슈퍼 하쿠초(왼쪽 위)의 운전 칸은 머리 부분의 높은 곳에 위치해 거센 눈보라가 몰아칠 때도 시야를 가리지 않는다. 일본에서 가장 오래된 그리스정교회 교회당인 하코다테 하리스토스 정교회(오른쪽 위)와 가나모리 아카렌가 창고군(아래)은 모두 하코다테의 유명한 관광명소이다.

도의 슈퍼 호쿠토 열차는 색상만 다를 뿐 같은 열차이다. 다만 슈퍼 호쿠토는 머리 부분이 파란색이고, 슈퍼 하쿠초는 초록색인 것이 다를 뿐이다. (하쿠초白鳥는 '흰색의 새'란 뜻인데 왜 초록색일까?) 두 열차의 운전 칸은 머리 부분의 높은 곳에 위치한다. 이렇게 하면 거센 눈보라가 몰아칠 때도 시야를 가리지 않아 운전하기 유리하다. 눈이 많이 내리는 홋카이도의 기후에는 딱 맞는 열차라 할 수 있다.

쿠사마 야요이의 꿈속 눈의 나라

우리는 일본 동북지역에 위치한 도와다 시에 도착했다. 최근 몇 년간 동북지역에는 건축의 대가들이 설계한 미술관이 많이 생겼는데, 그중 니시자와 류에의 도와다 미술관이 단연 돋보인다. 나는 예전에도 몇 번 이곳에 와본 적이 있는데, 그때마다 봄 아니면 여름이었다. 이렇게 하얀 눈이 소복이 쌓인 겨울에 찾은 것은 이번이 처음이다. 봄이나 여름에 왔을 때와는 완전히 다른 느낌이었다.

도와다 미술관은 최근 정원에 예술품 몇 점을 추가 배치했는데, 그중 쿠사마 야요이의 작품이 가장 인기 있다. 물방울무늬 원피스를 입은 소녀와 강아지, 앙증맞은 버섯은 최근 쿠사마 야요이 작품의 주요 테마이다. 모두 쿠사마 야요이의 개인적인 기억과 연관이 있는 것들이다. 물방울무늬의 원피스는 그녀 자신이 즐겨 입는 스타일이고, 작은 개와 버섯

도와다 미술관
도와다 미술관의 앞뜰에는 쿠사마 야요이의 검은 반점이 박힌 버섯과 물방울무늬 원피스를 입은 소녀 조형물(위)과 한국 예술가 최정화의 설치미술 Flower Horse(아래)가 눈 덮인 미술관과 아름다운 조화를 이루고 있다.

또한 어린 시절의 경험을 바탕으로 한 것이라고 한다.

쿠사마 야요이는 루이스 캐럴의 작품『이상한 나라의 앨리스』를 무척 좋아한다. 심지어 "나, 쿠사마 야요이는 현대판 앨리스이다."라고 말한 적도 있을 정도다. 실제 앨리스가 이상한 나라에서 겪었던 기이한 경험들은 쿠사마 야요이가 정신적으로 겪었던 혼란과 많이 닮았다. 그래서 그녀는 더 '이상한 나라'에 애착을 느끼는 것인지도 모르겠다.

눈 덮인 도와다 미술관, 그 앞뜰에는 검은 반점이 박혀 있는 노랗고 큼직한 호박이 하나 있고, 빨간 원단의 흰색 물방울무늬 원피스를 입은 소녀가 도와다 미술관 건물을 먼 시야로 바라보고 있다. 그 옆에는 분홍, 자주색, 파란색으로 이루어진 작은 개가 소녀의 곁을 지키고 있다. 눈 덮인 뜰 위에 서 있는 모습이 마치 하얀 솜을 밟고 있는 것 같다. 깜찍하면서도 초현실적인 아름다움이 나를 동심의 세계로 인도한다. 버섯은 '이상한 나라'로 들어가는 열쇠이다. 나도 한입 베어 물고 앨리스처럼 작아지거나 커지는 신비한 경험을 해보고 싶다.

치유의 상징, 아오모리 켄

많은 사람들이 오직 나라 요시토모의 작품을 보기 위해 아오모리를 여행한다. 아오모리 현은 나라 요시토모의 고향이다. 아오모리 현립 미술관은 주로 나라 요시토모의 작품을 전시하는데, 어떤 이들은 이 순백

도와다 미술관
자신을 현대판 앨리스라고 말하는 쿠사마 야요이는 작품을 통해 『이상한 나라의 앨리스』와 같은 동화
세계를 구현하고 있다.

색의 미술관이 처음부터 아오모리 켄켄은 개 견犬의 일본어 발음이다 - 옮긴이을 위해 만들어졌다고 말한다. 아오모리 현립 미술관의 건설 부지는 원래 유적 발굴지로 땅을 파서 생긴 구덩이 위에 미술관이 지어졌다. 그래서 아오모리 미술관은 '하얀 구덩이'로 불리기도 한다. 미술관의 상설전시실 안에는 '작은 통나무 방'이라는 공간이 있는데, 이곳이 바로 나라 요시토모의 창작의 원천이 되는 공간이다. 그에게 이곳은 가장 마음이 편해지는 공간일 것이다. 물론, 미술관에는 나라 요시토모의 작품뿐 아니라 다른 작가의 작품들도 상당수 전시되어 있다.

나라 요시토모의 팬들을 가장 열광시키는 작품은 실외 흙구덩이 안에 배치된 거대한 개 모양의 조형물, 아오모리 켄이다. 만화 주인공 스누피처럼 단순하고, 새하야며, 귀엽다. 항상 눈이 감긴 상태라 아직 잠에서 덜 깬 느낌을 준다. 보는 이에 따라서는 모든 것을 체념한 것처럼 보이기도 하고, 속세를 초월한 것처럼도 보인다. 이 특유의 분위기가 지친 현대인들에게 마음의 치유 역할을 한다고 하여 '숙면 동호회'의 로고로 사용되기도 했다. 유물 발굴에서 영감을 얻어, 이 거대한 '잠자는 개'를 실외 흙구덩이 안에 배치함으로써 발굴된 유물 같은 느낌을 주었다. 수천 년 동안 깊은 잠을 자던 영물이 귀찮은 인간들 때문에 지금 막 땅 위로 올라온 듯, 아오모리 켄은 여전히 비몽사몽한 모습이다. 여름이 되면 아오모리 켄은 꿈속에서 뛰어놀다가 겨울이 되면 동면 상태에 들어간다.

아오모리 켄의 하얀 모자

재미있는 것은 겨울이 되어 아오모리에 눈이 내리면 아오모리 켄의 머리에도 수북이 쌓여 마치 하얀 털모자를 쓴 것처럼 보인다는 것이다. 동절기에는 구덩이 안으로 들어가 아오모리 켄을 만져 보는 것이 불가능하지만, 하얀 모자를 쓴 아오모리 켄을 보는 것도 관람객들에게는 기대되는 일 중 하나이다.

많은 사람들이 오직 하얀 모자를 쓴 아오모리 켄을 보기 위해 차가운 바람을 뚫고 아오모리 현립 미술관을 찾아온다. 수북이 쌓인 눈 속에서도 여전히 만족스러운 미소를 띠고 단꿈을 꾸고 있는 아오모리 켄을 보고 있자면 왠지 모르게 마음의 위안을 얻는다. 그 치유의 느낌 때문에 사람들은 이곳을 찾는다. 차가운 눈 속에서도 편안한 미소를 잃지 않는 아오모리 켄처럼 되고 싶다고 생각하면서……. 참 이기적인 생각이긴 하지만, 나는 미술관을 나올 때 할 수만 있다면 아오모리 켄을 가지고 나오고 싶었다. 하지만 아오모리 켄에게는 아직 많은 사람들을 치유해야 할 임무가 남아 있기에 머리를 흔들며 못된 망상을 떨쳐버렸다.

고대 문명의 상상이 깃든 작은 역

아오모리에서 오우본센을 탄 후, 다시 고노센으로 갈아타고 조금만

아오모리 현립 미술관
많은 사람들이 나라 요시토모의 아오모리 켄을 보기 위해 미술관을 찾는다. 겨울이 되면 아오모리 켄의 머리에 수북이 눈이 쌓여 마치 하얀 털모자를 쓴 것처럼 보인다.

더 가면 '목조'라는 이름의 아주 특이한 기차역을 볼 수 있다. 이름이 '목조木造'라고 해서 보통 우리가 생각하는 전통 일본식의 목조건물이 아니다. 역사 앞면 전체가 거대한 토우土偶, 흙으로 사람이나 동물 모양 따위를 만든 것. 주로 종교적, 주술적 대상물, 부장품副葬品, 완구 등으로 사용되었음 – 옮긴이로 이우어져 있다.

이 거대 토우는 현지에서 발굴된 고대 토우를 본떠 만들었는데, 둥글고 커다란 눈이 옆으로 길에 늘어져 있어 마치 안경을 쓰고 있는 모습과 흡사하다. 혹자는 이 토우와 현대 우주비행사들의 우주복을 비교하기도 하는데, 그들은 두 물체가 흡사하다는 점이 바로 고대 문명이 외계행성에서 왔다는 증거라고 주장한다. 하지만 고고학자인 내 친구는 토우가 고대 무녀의 형상을 본뜬 것이라고 설명했다. 고대 사람들은 누군가를 형상화할 때 대상의 특정 기능 부위를 강조해 크게 표현하는데, 고대 무녀에게는 뛰어난 예지력이 있다고 믿었기 때문에 눈을 특별히 크게 만들어 강조했다는 것이다.

쇠락한 작은 마을

건물의 한쪽 벽면 전체를 토우로 장식한다는 발상은 소위 대중주의 건축이라 일컫는 팝 건축적 요소가 강하다. 캘리포니아의 도로 건축물처럼, 아주 먼 곳에서도 이곳이 토우의 고향임을 명백히 알 수 있도록 하기 때문이다.

목조 역이 있는 이 작은 마을은 몹시 황량했다. 이곳 사람들은 '외계인'의 소재를 어떻게 이용해야 하는지 잘 모르고 있는 것 같았다. 미국 멕시코 주의 작은 마을 로스웰은 UFO 사건을 계기로 순식간에 유명세를 떨쳤다. 지금도 마을 곳곳에서 외계인의 '흔적'을 쉽게 발견할 수 있으며, 외계인의 존재를 믿는 사람들에게는 죽기 전에 꼭 가봐야 하는 성지로 떠올랐다. 이에 비해, 목조 역의 작은 마을은 쇠락한 모습이 역력했다. 몇몇 오래된 건물들은 버려진 채 방치되어 세월의 풍파를 이기지 못하고 금방이라도 쓰러질 것처럼 보였다. '알을 낳지 못하는 새'처럼 이 작은 마을에는 빛바랜 옛 전설만 존재할 뿐 아무것도 없었다.

우리가 눈 위에 서서 토우를 올려다보고 있을 때 갑자기 거대한 토우의 눈에서 빨간 불이 번쩍이는 듯 했다. 원래 이 역사는 열차가 들어올 때 토우의 눈에 빨간불이 들어와 사람들에게 열차가 곧 역사로 진입할 것임을 알리도록 설계되었다. 하지만 늦은 저녁시간 거대한 토우의 눈이 빨간색의 '살기'로 번득거리는 것을 볼 때마다 사람들은 놀란 가슴을 쓸어내려야 했고, 주민들의 불만이 빗발치자 당국은 장치를 꺼버리기로 결정했다.

어찌 되었든, 하얀 설원 위에 서 있는 고대 토우는 잠시나마 우리를 시공을 뛰어넘어 옛 신화의 세계로 들어가게 했다. '세계의 끝'을 지나 황무지로 변한 문명의 세계를 거치면서 우리는 자신이 어디에서 왔는지를 잊어버렸다. 겨울, 일본 동북지방 여행은 이처럼 기묘한 모험으로 가득했다.

목조 역
한쪽 벽면 전체를 토우로 장식한다는 발상이 기발하다.

| PART 3.

도로 위의
자유여행

도로 위를 홀로 달리는
그 고독함과 비장함은
혼자 이 세상을 헤쳐 나가야 하는
우리의 인생과 닮아 있다.

80 — 100km/hr

인생과 여행

도로 위에서 ── 80 ➔ 100
인생을 생각하다 km/hr

───

도로 위의 여행은 인생의 축소판과 같다.

고독한 길 위에서 앞으로 어디를 가야 할까 고민한다.

갈림길에서 몇 번의 잘못된 선택을 한 후,

다시 돌아와 도로 위를 전진한다.

그러다 보면 언젠가는

자신이 원하던 도시를 만나게 된다.

미국 시골의 작은 마을에 사는 사람들에게 도로를 밟는다는 것은 고향을 떠나 새로운 탐험이 시작된다는 것을 의미한다. 그들에게 도로는 세상을 향해 열려 있는 문이다. 도로는 도시와 시골, 도시와 도시를 잇는다. 엄지손가락을 치켜세우고 히치하이크를 하든, 본인이 운전을 하든, 일단 도로에 들어섰다는 것은 미지의 세계를 향해 탐험을 시작했음을 의미한다.

많은 사람들이 대학교에 입학하고서야 처음으로 큰 짐을 싸고, 차를 운전해 도로에 들어선다. 어떤 이는 그렇게 타지에서 일자리를 구해 새로운 인생을 시작하기도 한다. 그래서 도로여행은 일종의 성년식과도 같다. 부모에게서 완전히 독립하는 첫걸음이기 때문이다.

미국 영화를 너무 많이 본 탓일까. 지평선이 끝없이 펼쳐진 도로 위를 질주하는 장면을 나는 항상 동경해 왔다. 언젠가는 직접 그런 길을 달려보고 싶었다. 나는 군대를 다녀오고, 바다 건너 미국의 중서부지역으로 유학을 온 후에야 그 꿈을 실현할 수 있었다.

미국에 도착하자마자 제일 먼저 한 일은 작은 짐차를 구입한 것이다. 아직도 기억에 생생한 내 첫 차는 뷰익사社의 제품으로 승차감이 아주 좋았다. 앞쪽의 운전석과 조수석 부분이 소파처럼 되어 있어 세 명까지도 앉을 수 있었다. 기어가 핸들 측면에 있는 이 짐차를 타고 나는 미국 여러 지역을 돌아다녔다. 시카고, 캘리포니아 주, 심지어 지금은 파산한 디트로이트에도 가보았다.

만약 내가 직접 차를 몰고 미국의 여러 도시를 가보지 않았다면, 미국에 대한 나의 지식은 고작해야 미국 영화나 드라마에 자주 등장하는 뉴욕이나 로스앤젤레스 정도에 그쳤을 것이다.

나는 주말만 되면 차를 몰고 고속도로로 향했다. I-23, I-94 등 도로를 타고 여러 도시를 방문했다. 때로는 근처 작은 마을의 극장에서 영화를 보며 시간을 보냈고, 때로는 4시간을 달려 시카고 남부지역의 폐허가 된 공장지대를 촬영하기도 했다. 미국의 작은 시골마을 사람들은 놀라울 정도로 소박했고, 신앙과 자연의 법칙에 순응하며 사는 그들의 삶의 방식은 단순하고 간결했다. 다만, 내가 견디기 힘들었던 것은 가도 가도 끝없이 펼쳐지는 옥수수 밭이었다.

옥수수 밭과 라디오에서 흘러나오는 컨트리송은 미국 서부지역의 도로를 운전할 때 빠지지 않는 양대 요소이다. 너무 지루하기 때문에 운전 중 종종 졸음이 쏟아진다. 다행히 미국의 짐차는 고정속도 순항제어운전자가 미리 정해놓은 속도로 차량의 속도가 일정하게 제어되는 시스템 – 옮긴이 장치가 있어, 속도만 설정해 놓으면 심지어 운전을 하면서 발을 창문에 올려놓을 수도 있다.

사실 미국에서는 고속도로에서 대부분 규정 속도를 지키지 않는다. 속도위반이 일반화되어 있기 때문에 크게 걱정하는 사람도 없다. 경찰

순찰차가 사이렌 소리를 울리며 따라붙으면 그제야 속도를 줄이고 처벌에 대한 마음의 준비를 하는데, 속도위반 측정 레이더는 한 번에 한 대씩만 잡아낼 수 있기 때문에 경찰이 차량 한 대를 갓길로 불러 세우는 모습이 보이면 나머지 차들은 자신이 발각되지 않았음에 안도의 한숨을 내쉬며 그대로 가던 길을 간다.

여행 도중 마주치는 갈림길은 인생의 선택과 닮았다. 여러 갈래의 길 중 하나를 택하고, 그 길을 따라가다 보면 마을이 나온다. 만약 그곳이 마음에 든다면 계획보다 오래 머무를 수도 있고, 심지어 그곳에 정착해 일을 찾고, 배우자를 만나 가정을 꾸릴 수도 있다. 만약 그곳이 마음에 들지 않는다면 다시 차에 올라 새로운 여정을 시작하면 된다. 또 다른 갈림길이 나오면 다시 선택을 하고 새로운 마을로 들어가면 된다. 운전을 포기하지만 않는다면 언젠가는 원하던 곳에 도달하게 될 것이다.

직접 차를 운전하며 도로변의 풍경을 감상하는 느낌은 그냥 좌석에 앉아 있을 때와는 또 다른 맛이 있다. 초봄 파릇파릇 새싹이 올라오는 들판과 열린 창문으로 들어오는 꽃의 향기, 가을날 붉게 타오르는 단풍과 겨울날 온 세상을 하얗게 덮은 눈까지……. 평야 위로 뻥 뚫린 도로의 풍경은 사시사철 아름답다. 나는 특히 얼음이 언 겨울 호수를 좋아한다. 캐나다에서 날아온 거위 떼들이 얼어붙은 수면 위를 엉거주춤 내려앉는 모습이 얼마나 재밌던지!

한번은 한밤중에 차를 몰고 출발한 적이 있다. 미시간 주에 가기 위해서였다. 해가 진 도로에는 차가 한 대도 보이지 않았다. 오직 멀리 보이는 별빛과 내 헤드라이트 불빛만이 칠흑 같은 공간에서 불안하게 반짝였다. 도로 위를 홀로 달리는 그 고독함과 비장함은 혼자 이 세상을 헤쳐 나가야 하는 우리의 인생과 닮아 있었다.

이른 봄에는 밤에 운전할 때 각별히 조심해야 한다. 낮 동안 따뜻한 기온으로 녹았던 눈이 밤이 되면서 냉각되어 얇은 얼음 막을 형성하기 때문이다. 하루는 대학 작업실에서 밤을 새우고 숙소로 돌아가고 있었는데 차가 커브길을 돌 때 갑자기 바퀴가 미끄러졌다. 그 부분에 얼음이 얼어 있었던 것이다. 차체는 균형을 잃고 빙그르르 돌아갔고, 결국 차 후미가 마주 오던 다른 차량과 부딪히고 나서야 멈춰 섰다. 그 충돌 순간, 영화 〈인셉션〉의 슬로우 모션처럼 차 부품들이 내 눈앞에서 아주 느리게 튕겨져 나가는 것을 보았다. 마치 찰나가 멈춘 것 같이 느껴졌다.

얼마나 시간이 흘렀을까. 한참이 지나서야 주위는 다시 평소의 속도로 돌아왔다. 안경도 어디론가 튀어나가고 보이지 않았다. 나는 내가 다쳤는지, 혹은 아직 살아 있는지 관심이 없었다. 다만 빨리 안경을 찾아야겠다는 생각에 일단 허리를 숙여 바닥을 더듬었다. 그때 상대편 사고 차량 주인이 놀라서 내 차를 향해 뛰어왔다. 사람이 나오지 않으니 중상을 입었거나 죽었을 거라고 생각했던 모양이다. 안경을 찾고 몸을 살펴보니 다행히 크게 다친 곳은 없었다. 정말 하늘이 도우셨다. (그때 나는 심지어 안전띠도 하지 않은 상태였다.) 이렇게 죽음의 위기에서 새 생명을 얻은 나는 앞으로 더 값진 인생을 살아야겠다고 다짐했다.

도로 위의 여행은 인생의 축소판과 같다. 고독한 길 위에서 앞으로 어디를 가야 할까 고민한다. 갈림길에서 몇 번의 잘못된 선택을·한 후, 다시 돌아와 도로 위를 전진한다. 그러다 보면 언젠가는 자신이 원하던 도시를 만나게 된다.

자유에 대한
갈 망 과
자아의 실현

_ 미국의 서부도로와 건축여행

country	미국
city	로스앤젤레스, 컬버시티, 라스베이거스
travel	자동차
speed	80km/hr
place	캘리포니아 도로, Venice Beach House, 캘리포니아 항공 우주 박물관, Binoculars Building, 클리블랜드 클리닉 루루보 뇌 건강센터, Hayden Tract, 벌집, 우산
artist	이글스, 프랭크 게리, 에릭 오웬 모스
emotion	자유, 기발함, 미친, 몽환, 창의, 생기, 활력

　　도로를 운전해 도시의 각종 건축물과 예술작품을 찾아다니는 여행은 내가 가장 동경해 왔던 여행 방식이다. 창문으로 내리쬐는 강렬한 태양과 바다 내음, 유명 록 밴드 이글스의 〈호텔 캘리포니아〉를 들으며 지평선을 향해 달리다 보면 가슴까지 뻥 뚫리는 것 같다. 이것이 바로 자유다.

미국의 서부도로
만약 진짜 미국을 알고 싶다면 직접 차를 몰고 도로로 나가 작은 도시 하나하나를 다녀봐야 한다.

미국 영화를 너무 많이 봤던 탓일까. 나는 미국의 도로 위를 운전할 때 기분이 참 좋다. 미국에서는 운전을 할 줄 모르면 두 다리가 없는 것과 같고, 면허증이 없으면 신분증이 없는 것과 다르지 않다고 한다. 미국 유학시절, 내가 미국에 도착하자마자 제일 먼저 한 일은 짐차를 구입한 것이다.

미국의 도로를 달릴 때는 본인이 직접 운전해야만 '진짜 자유'의 쾌감을 온몸으로 만끽할 수 있다. 미국 사람들은 운전할 때의 느낌을 좋아한다. 그들에게 차는 서부시대 카우보이의 말처럼 모험을 함께할 동반자이다. 영화 〈델마와 루이스〉에서는 차를 몰고 도로 위를 질주하는 행위를 자유에 대한 갈망과 자아실현의 상징으로 비유했다. 나도 그 느낌이 무엇인지 알 것 같다. 미국에서 생활한 몇 년 동안 내가 터득한 것은, 만약 진짜 미국을 알고 싶다면 반드시 본인이 직접 차를 운전해 도시 하나하나, 마을 한 곳 한 곳을 일일이 다녀봐야 한다는 것이다. 그래야만 영화나 드라마에서 봤던 단편적인 이해를 벗어나 진짜 미국을 이해할 수 있다.

캘리포니아의 도로를 운전해 도시의 각종 건축물과 예술작품을 찾아다니는 여행은 내가 가장 동경해 왔던 여행 방식이다. 창문으로 내리쬐는 강렬한 태양과 바다 내음, 유명 록 밴드 이글스의 〈호텔 캘리포니아〉를 들으며 지평선을 향해 달리다 보면 가슴까지 뻥 뚫리는 것 같다. 이것이 바로 자유다.

로스앤젤레스의 자유분방함

해체주의 건축의 거장 프랭크 게리의 건축세계가 처음 시작된 곳은 로스앤젤레스였다. 그는 고정관념의 틀을 파괴하는 해체주의의 선구자이자, 기발한 건축설계로 끊임없이 사람들을 놀라게 하는 탐험가이다. 캐나다 토론토가 고향인 그는 이렇게 말한 적이 있다.

"만약 내가 계속 캐나다에서 일했다면 로스앤젤레스의 자유분방한 분위기를 느낄 기회는 영원히 없었을 것이다. 로스앤젤레스에는 더 많은 자유가 있다. 이곳은 상대적으로 역사적인 부담이 덜하기 때문이다."

프랭크 게리가 처음 캘리포니아에서 일을 시작했을 때, 그는 대부분 차고 개축 같은 작은 공사만 맡았으며 지역 역시 자신이 살고 있는 산타 모니카나 베니스 비치를 벗어나지 못했다. 그는 이곳에서 로스앤젤레스의 호방하고 자유로운 해양문화를 자연스럽게 접했고, 캘리포니아 도로의 건축양식을 익힐 수 있었다. 미국 동부지역과는 확연히 다른 서부의 건축양식과 분위기는 훗날 그가 기발하고 창의적인 디자인을 선보이는 데 밑거름이 되었다.

로스앤젤레스 베니스 비치에는 바다가 내려다보이는 곳에 'Venice Beach House'라는 이름의 별장이 있다. 마치 꿈과 현실의 경계에 있는 듯한 이 별장의 주인은 해상 구조대원 출신이다. 빨간색 반바지를 입고 전망대에서 바다를 응시하는 해상 구조대원들을 볼 때마다 나는 《SOS 해상 구조대》라는 미국 드라마가 생각난다. 이 별장의 주인은 은퇴 후

Venice Beach House
건물 앞쪽에 작은 탑을 하나 더 설계해 넣은 이유는 구조대원 출신인 별장 주인이 일을 하면서 바다의
경치도 구경할 수 있도록 하기 위함이다.

특별히 프랭크 게리를 초빙해 별장의 설계를 부탁했다. 프랭크 게리는 건물 앞쪽에 작은 탑을 하나 더 설계해 넣었는데 이곳은 별장 주인의 작업실로, 일을 하면서 바다의 경치도 구경할 수 있도록 하기 위함이었다. 아마 별장 주인은 바다를 바라보며 종종 구조대원으로 활약하던 시절을 회상할 것이다.

기이하고 참신한 팝 건축양식

캘리포니아 도로의 팝 건축양식은 프랭크 게리의 디자인에도 영향을 끼쳤다. 캘리포니아의 도로 주변에는 운전자들의 이목을 끌기 위해 특정 물체를 크게 확대한 상점 건물들이 많다. 이 영향을 받아 프랭크 게리는 레디메이드ready-made, '기성품'을 의미하나 모던아트에서는 예술적 행위를 통해 실용성으로 만들어진 최초의 목적을 떠나 별개의 의미를 부여하는 것 – 옮긴이를 직접 건물에 활용하기 시작했다. 캘리포니아 항공 우주 박물관이 가장 대표적인 예이다. 프랭크 게리는 이미 구형이 된 F-104 스타파이터 전투기를 건물 벽에 장식함으로써 한눈에 이곳이 항공 관련 박물관임을 알 수 있게 했다. 또한 그는 KFC 건물을 설계할 때도 건물 전체를 후라이드치킨을 담는 빨간색의 종이 통 모양으로 만들었다. 모두 팝 건축의 연장선상에서 이루어진 것들이다.

하지만 가장 재미있는 건물은 로스앤젤레스에 있는 Binoculars

Building이라는 사무실이다. 사무실 건물 앞에 거대한 검은색의 망원경이 서 있는데, 겉모습만 보자면 망원경을 파는 상점 같지만 사실 이 건물은 광고회사 사무실이다. 거대 쌍안경에 대해 프랭크 게리는 "멀리 내다볼 줄 아는 광고회사의 이미지를 부각시키고 싶었다."라고 설명했다.

이러한 참신하고 기이한 건물들은 포스트모더니즘이라는 시대적 배경과 맞물려 세계적으로 작품성을 인정받게 되었고, 이로써 프랭크 게리도 점차 유명세를 타기 시작했다. 하지만 그의 이름을 세상에 본격적으로 알리게 된 계기는 해체주의를 대표하는 건축물인 월트 디즈니 콘서트홀이 완공되면서부터였다. '응고된 음악'이라는 찬사를 받을 정도로 이 건물은 기이하고 환상적인 느낌을 잘 표현한 수작으로 손꼽힌다. 그러나 프랭크 게리의 작품 중에는 디즈니 콘서트홀 보다 더 기이한 작품이 있다. 바로 라스베이거스에 위치한 뇌 건강센터이다.

우주선의 파편 같은 뇌 건강센터

라스베이거스, 사막 한가운데 지어진 이 환락의 도시에는 특이한 건물이 넘쳐난다. 하지만 최근 그 건물들을 뛰어넘는, 상상을 초월한 건물이 들어섰다. 해체주의의 대가 프랭크 게리의 작품으로 이미 라스베이거스의 랜드마크로 자리 잡았다.

이 기막힌 건물은 카지노도, 호텔도 아니다. 놀라운 사실은 이 괴상한

 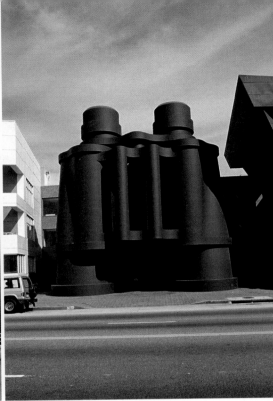

▲
캘리포니아 항공 우주 박물관
F-104 스타파이터 전투기를 건물 벽에 장식함으로써 한눈에 이곳이 항공 관련 박물관임을
알 수 있게 했다.

▶
Binoculars Building
겉모습만 보자면 망원경을 파는 상점 같지만 사실 이 건물은 광고회사 사무실이다.

건물이 두뇌를 연구하는 병원이라는 것이다. 정식 명칭은 '클리블랜드 클리닉 루 루보 뇌 건강센터'이다. 이 뇌 건강센터는 KMA라는 기구에서 지원하는데, KMA란 '기억을 붙잡다Keep Memory Alive'의 약자이다. 이 기구의 경영자 및 사업파트너의 반 이상은 식구나 친척 중 누군가 알츠하이머 때문에 죽은 경험을 가지고 있다. 그 때문에 뇌 관련 질환 연구에 더욱 박차를 가하고 있다. 사막 위에 지어진 이 기이한 모양의 뇌 건강센터는 앞으로 알츠하이머, 파킨슨병, 루게릭병의 연구를 통해 이 병들에 대한 조기 발견 및 치료와 예방에 있어 세계 최첨단의 병원이자 연구센터로 성장할 것이다.

뇌 건강센터는 그 기이한 모양 때문에 라스베이거스에 도착하자마자 한눈에 알아볼 수 있었다. 이곳은 주위의 건물들과 아주 선명한 대조를 보이고 있었는데, 다른 건물들이 하늘을 향해 직각으로 꼿꼿이 솟아오른 반면 뇌 건강센터 건물만 지진이라도 지나간 듯 바닥에 주저앉아 일그러지고 변형되어 있었다. 금속 자재를 사용한 외관 벽면에 햇볕이 내려앉는 모습이 마치 거대한 우주 항공모함의 파편 일부가 떨어진 것처럼 보였다.

환자의 아픔을 표현한 초현실 공간

괴상하고 차가운 느낌의 외관과 달리, 내부는 최대한 차분하고 따뜻한 색상으로 꾸며져 있었다. 편안한 분위기를 연출해 병원을 찾은 환자들의 긴장을 완화시켜 주기 위해서였다. 또 회의실은 붉은색의 카펫과 소파가 일그러진 천장과 오묘한 조화를 이루면서 달리의 그림처럼 초현실적인 느낌을 강하게 주었다.

나는 이 건물이 인간의 뇌 즉, 알츠하이머를 앓고 있는 환자의 뇌라고 생각했다. 뇌 기능이 점점 파괴되어 산산이 조각난 파편처럼 여기저기 흩어지고, 지난 세월의 기억들은 손가락 사이를 빠져나가는 물처럼 아무리 붙잡으려고 애를 써도 사라져 버린다. 결국 환자는 살아 있는 시체나 다름없이 가장 가까운 사람조차 알아보지 못하는 지경에 이른다. 나는 루 루보 뇌 건강센터 건물이야말로 그 누구보다 알츠하이머 환자들의 아픔과 비극을 잘 표현했다고 생각한다.

센터가 완공되었을 때 사람들의 의견은 분분했다. 많은 매체에서 신랄한 비판이 쏟아졌는데, 어떤 이는 "머리가 이상해지지 않는 한 저 병원에 가서 내 뇌를 보여 줄 일은 결코 없을 것이다."라고 혹평했고, (그런데 사실이 그렇다.) 어떤 이는 "게리의 머릿속에는 도대체 뭐가 들어 있는 것인가."라며 한탄하기도 했다. 어찌 되었든, 이 괴상한 건물이 세계 언론의 이목을 집중시킨 탓에 앞으로 센터의 기금 모집 활동에 도움이 될 것은 분명해 보인다.

나는 센터 건물 위로 석양이 지는 모습을 바라보았다. 그곳은 인류가 기억의 유실에 대항하기 위해 쌓아올린 중요한 교두보였다. 라스베이거스의 그 어떤 화려한 카지노와 호텔도 나에게 이처럼 존경과 숙연함을 느끼게 하지는 못했다.

클리블랜드 클리닉 루 루보 뇌 건강센터
괴상하고 차가운 느낌의 외관과 달리, 내부는 병원을 찾은 환자들의 긴장을 완화시켜 주기
위해 최대한 차분하고 따뜻한 색상을 사용했다.

공상과학 영화 같은 도시 속 철탑

로스앤젤레스의 컬버시티는 원래 적막한 창고 공장지대였다. 그런데 교통이 편리해 전문직 종사자들의 사무실이나 거주지로 최적이라는 판단 하에 최근 몇 년 사이 대대적인 개발계획이 진행되었다. 수많은 구식 창고가 디자이너들의 손을 거치면서 모던한 사무용 건물로 탈바꿈했다. 이 도시 개발계획에 투입된 메인 디자이너는 로스앤젤레스의 건축가인 에릭 오웬 모스이다. 컬버시티 곳곳에서 그의 작품을 쉽게 발견할 수 있다. 마치 도시 전체가 그의 전시장인 것 같다.

이 재개발 지역의 입구에 들어서면 Hayden Tract라는 이름의 기이하게 생긴 검은색 철탑이 모습을 드러낸다. 영화 〈트랜스포머〉의 로봇 외계인 같은 물체가 입구에 떡하니 서 있으니 눈에 띄지 않을 수 없다. 사실 이 건물은 멀티미디어 광고탑으로, 탑의 벽면 스크린을 통해 멀티미디어 예술이나 지역 광고를 방영한다. 그러면 근처 철로 위를 달리는 열차에 탄 승객들과 플랫폼에 서서 기차를 기다리는 사람, 고속도로를 운전하고 있는 차량의 주인 및 주위 인도를 지나가고 있는 행인들 모두 탑에서 상영하는 내용을 볼 수 있다.

이러한 구상은 마치 80년대 공상과학 영화 〈블레이드 러너〉와 비슷하다. 해리슨 포드가 주연을 맡은 이 영화에서는 미래의 로스앤젤레스가 구현되는데, 그곳에는 일본 라면을 파는 식당과 한자로 써진 네온사인 간판, 끊임없이 광고 영상이 나오는 대형 실외 광고판이 등장한다.

에릭 오웬 모스는 의도적으로 로스앤젤레스의 이미지를 전자매체가 넘쳐나는 도시로 표현함으로써 창의적인 모습을 부각시켰다. 이 철탑이 특별히 역동적으로 보이는 이유는 수직방향과 수평방향의 동력動力이 서로 부딪히고 변형되면서 형성된 것이기 때문이다. 과거에 우리가 봐 왔던 전통적인 철탑의 모양과는 확연히 구분된다. 또한 모든 층마다 형광판을 설치해 도로나 철도에서 보이는 쪽으로 영상을 내보낼 수 있도록 했다.

다만 구조물은 이미 완성되었는데 아직 전자장비를 설치하지 않아 본연의 기능을 발휘하지 못하고 있다. 나는 철탑에 올라가 컬버시티를 내려다보았다. 특이한 건물들이 꽤 눈에 띄었다. 어떤 것은 검은색의 스텔스 전투기처럼 생겼고, 거대한 투명 우산이나 벌집 같은 건물도 있었다. 이처럼 각양각색의 괴이한 건물들이 모두 에릭 오웬 모스 한 사람의 펜 끝에서 나왔다니 놀랍지 않을 수 없다.

차고의 몽상가들

모스가 컬버시티에 설계한 건축 하나하나에는 톡톡 튀는 상상력이 살아 있다. 이런 그의 작품들이 한때 쇠락했던 재개발 지역에 생기와 활력을 불어넣었다.

모스가 크기가 작고 기발한 모양의 건축물을 설계하는 것은 캘리포니

Hayden Tract
컬버시티는 곳곳에서 에릭 오웬 모스의 작품을 쉽게 발견할 수 있다. 이러한 구상은 80년대 공상과학 영화 〈블레이드 러너〉를 연상시킨다.

아 건축가들의 '전통'에 따른 것이다. 캘리포니아의 현대주의 건축가들은 대부분 사업 초기에는 이름이 알려지지 않은 무명 건축가들이었다. 그래서 그들이 수주할 수 있는 일감이라고는 작은 차고를 개조하는 것 정도가 전부였다. 오늘날 해체주의 건축의 대가로 알려진 프랭크 게리도 처음에는 창고를 개축하는 일부터 시작했다. 재미있는 것은 애플사社의 창업자 스티브 잡스 등 IT업계에서 성공한 많은 인사들도 처음에는 차고에 사무실을 꾸렸다는 점이다. 그래서 미국에서 '차고'는 창업과 창조의 키워드가 되었다.

컬버시티의 모든 소규모 건축물들이 다 차고를 개조해서 만든 것은 아니지만 대부분 건물이 작고, 특색이 각기 뚜렷해 소형 작업실로 쓰기에는 더없이 안성맞춤이다. 나는 이 작은 건물들이 모두 차고의 공간적 특징을 가지고 있다고 생각한다. 탄력적인 응용이 가능해 창의적인 생각이 떠오를 때마다 공간의 사용 방식을 바꿀 수 있기 때문이다. 따라서 창의적 개발과 실험이 가능하고, 필요에 따라서는 큰 소음을 유발해도 무방하다. 혹은 안에 틀어박혀 3일 동안 두문불출할 수도 있다.

벌집과 우산 모양의 건물

모스가 설계한 벌집은 정면에서 보면 안이 꿀로 꽉 차 있는 벌집처럼 보이지만 측면은 커다란 유리창으로 되어 있으며, 지붕 부분도 유리로 처

벌집
에릭 오웬 모스는 컬버시티에 전위적이고 기발한 작품을 많이 남겼다. 마치 도시 전체가 그의 전시장인 것 같다.

리했다. 그래서 건물 크기는 작지만 실내는 매우 밝다. 상층과 옥상을 계단으로 자연스럽게 연결해 캘리포니아의 태양을 마음껏 즐길 수 있다.

벌집 근처에는 특이한 건물이 또 하나 있다. 역시 차고처럼 규모는 작은 편인데, 옥상에 기울어진 모양의 육면체 구조물이 있다. 구조물의 모퉁이 부분이 유리로 되어 있어 하늘을 볼 수 있다. 그 근처에는 우산이라는 이름의 건물이 있는데, 나는 이 작품이 가장 흥미롭다. 우산은 작업실 건물로, 2층 정도의 높이밖에 되지 않는다. 지붕 뒷면으로부터 아래층의 개방된 코너까지 구불거리는 파장 모양의 유리 덮개가 흘러내리듯 연결되어 있는데, 그냥 '우산' 모양이라기보다는 '바람에 뒤집어져 망가진 투명 우산'이라고 표현하는 것이 더 맞을 것 같다. 그 모양이 너무 신기해서 한번 보면 발길이 잘 떨어지지 않는다.

앞쪽으로는 작은 잔디밭도 함께 설계해 넣었는데, 땅을 평평하게 밀지 않고 완만한 곡선을 그대로 살려 공간감을 주었다. 그 뒤로 벌집과 하늘로 치솟듯 올라간 종려나무가 배경이 되어 한 폭의 그림을 만든다. 캘리포니아 특유의 여유로움과 초현실적 감각이 물씬 묻어난다.

작지만 기발한 건물로 가득한 거리를 걸으며 저 건물들 안에서 지금도 꿈을 실현하기 위해 구슬땀을 흘리고 있을 사람들을 생각해 보았다. 그들의 뜨거운 열정이 나에게까지 전해지는 것 같았다. 이것이 바로 컬버시티의 가장 큰 매력이 아닐까 싶다.

우산
그냥 '우산' 모양이라기보다는 '바람에 뒤집어져 망가진 투명 우산'이라고 표현하는 것이 더 맞을 것 같
다. 그 모양이 너무 신기해서 한번 보면 발길이 잘 떨어지지 않는다.

건 축 은
그 자체로
예술이다

_ 미국의 서부도로와 예술여행

country	미국
city	샌프란시스코, 라스베이거스
travel	자동차
speed	100km/hr
place	유니언 스퀘어 광장, 베니스 비치
artist	토니 베넷, 립 크롱크 , 프랭크 게리
emotion	따뜻함, 환상, 낭만, 고독, 즐거움, 몽환

화씨 105도의 고온 아래 네바다 주 사막의 도로 위를 시속 $100km$의 빠른 속
도로 달리면서 끝없이 펼쳐진 황야를 보고 있노라면 '저 뜨거운 태양 아래를
계속 걷다가는 오래 못 가 정신을 잃겠구나.'라는 생각이 든다.

승리의 키스
샌디에이고 해안에 위치한 미드웨이 항공모함 박물관 앞에는 〈승리의 키스〉라는 사진 속 수병과 간호
사의 모습을 그대로 확대해 만든 거대한 조형물이 있다.

나는 캘리포니아의 해안선을 따라 남쪽으로 차를 몰았다. 태평양의 바닷바람을 맞으며 자유를 만끽했다. 이 길은 공공 예술작품들을 찾아 여행을 하기 위해 특별히 선택한 루트이다. 해안선에서 내륙으로 방향을 꺾으면 사막이 나오는데, 그곳 경관은 해안과는 사뭇 다르다. 특히 환락의 도시 라스베이거스는 기이한 건축물들로 가득한데, 나에게는 이 건물들 자체가 대형 예술작품이나 마찬가지이다.

나는 샌프란시스코에 올 때마다 유니언 스퀘어 근처에 있는 호텔에 묵는 것을 좋아한다. 이곳이 샌프란시스코의 중심이기 때문이다. 마치 샌프란시스코의 심장박동 소리가 들리는 듯하다. 유니언 스퀘어에는 거대한 하트 조형물이 여럿 있는데, 크기나 색상이 모두 다르다. 이 하트 조형물들은 왜 여기 있는 것일까?

내 심장을 샌프란시스코에 남기다

이 하트 조형물들은 일종의 공공 예술작품이다. '하트 인 샌프란시스코Hearts in San Francisco'라고 부르는 이 예술작품들은 특정 예술가가 마음대로 설치·전시한 것이 아니다. 샌프란시스코 종합병원이 자선모금을 위해 아이디어를 제안하면서 2004년부터 시작된 프로젝트의 일환으로 진행된 것이다. 이 프로젝트는 국제적으로 유명한 문화행사인 '카우 퍼레이드Cow Parade'에서 영감을 얻었다. 카우 퍼레이드는 '소'라는 공통된 주

샌프란시스코 케이블카
샌프란시스코의 명물인 케이블카는 이미 100년의 역사를 자랑한다. 복고적인 외형 때문에 운치도 있지
만, 가파른 경사를 오르내릴 때는 꽤 스릴도 있다.

제에 예술가마다 각기 다른 채색을 가미함으로써 다양한 작품을 창조해내는 방식인데, 작품은 한 장소에만 국한되지 않고 도시 곳곳에 전시한다.

샌프란시스코가 하트를 모금행사의 테마로 정한 이유는 토니 베넷이 부른 'I Left My Heart In San Francisco 나의 마음을 샌프란시스코에 두고 왔습니다.'라는 노래 때문이다. 이 행사는 매년 여러 예술가들이 제각각의 색채를 입힌 하트를 출품하면 그 작품들을 샌프란시스코의 여러 공공장소에 분산 전시하는 방식으로 이루어진다. 연말이 되면 조형물은 경매를 통해 판매되는데, 여기에서 얻은 수익은 자선기금으로 사용된다. (2009년까지 모금액은 500만 달러에 달했다고 한다.)

1961년 12월 토니 베넷은 샌프란시스코의 페어몬트 호텔에서 처음 'I Left My Heart In San Francisco'를 불렀다. 현재 이 노래는 샌프란시스코의 시가市歌이다. 샌프란시스코 시장은 이 노래가 세상에 선보인 지 50주년이 되는 해를 맞이해 밸런타인데이인 2월 14일을 '토니 베넷의 날'로 정한다고 선포했다. 그는 "이 노래로 인해 많은 사람들이 샌프란시스코에 더 깊은 애착을 가지게 되었습니다. 그 파급력은 우리 시와 관련된 모든 노래와 영화, 예술품을 다 합한 것보다 클 것입니다."라고 말했다. 토니 베넷은 80세가 훌쩍 넘은 고령이지만 아직도 이 노래를 멋들어지게 부르곤 한다.

얼마 전, 나는 샌프란시스코를 다시 찾아 유니언 스퀘어의 하트 조형물을 감상했다. 나는 이 조형물이 참 좋다. 엄동설한에도 마음 한구석이

하트 인 샌프란시스코
토니 베넷이 부른 'I Left My Heart In San Francisco'라는 노래에서 영감을 얻었으며, 지금은 도시의 심벌이 되었다.

따뜻해지곤 한다. 마치 먼 곳 어딘가에서 누군가 나를 그리워하고 있는 것 같다. 공공예술과 도시의 테마가 결합하고, 나아가 그 도시 경관을 아름답게 꾸밀 수 있으니 그야말로 일석삼조이다. 동정심에 호소하는 천편일률적인 모금활동이 효과를 보지 못한다면 한 번쯤 시도해 볼만한 가치가 있는 방법이 아닐까.

베니스 비치의 비너스

로스앤젤레스 베니스 비치는 뜨거운 태양과 예술, 낭만으로 가득한 곳이다. 늘씬한 비키니 미녀와 구리빛 피부의 근육남들, 괴상한 옷차림의 예술가와 이런 분위기를 느끼고 싶어 먼 곳에서 온 관광객을 쉽게 마주칠 수 있다. 해체주의 건축의 대가 프랭크 게리가 처음 기반을 닦은 곳도 바로 이곳 베니스 비치 근처였다. 그는 이른바 '캘리포니아 차고 시대 건축'의 창시자이다. 베니스 비치의 해변에는 그가 설계한 별장이 바다를 보고 서 있다.

베니스 비치에서 가장 유명한 예술작품은 '베니스 비치의 비너스'라는 벽화이다. 로스앤젤레스는 원래 벽화로 유명하다. 시내 어디에서든 유명한 벽화를 쉽게 볼 수 있다. 이미 많은 작품이 시민들의 강력한 요구에 의해 보호대상으로 지정되어 시 당국의 관리를 받고 있다.

이 벽화는 캘리포니아의 예술가 립 크롱크가 1989년 완성한 것으로,

보티첼리의 명화 〈비너스의 탄생〉에서 영감을 얻었다. 그의 비너스는 철저하게 '캘리포니아의 미녀'로 재탄생했다. 벽화 속 비너스는 분홍색 탱크톱에 파란색 핫팬츠를 입고 금발 머리를 휘날리며 롤러스케이트를 타고 있다. 그 옆에는 천사가 분홍색의 화려한 담요를 들어 비너스의 어깨에 걸쳐 주려고 하고 있다. 벽화의 배경이 되는 건물은 바로 벽화가 그려진 그 건축물이다. 비너스의 뒤편으로 보이는 특이한 차림새의 사람들은 베니스 비치에서 쉽게 접할 수 있는 거리의 괴짜 예술가 모습 그대로이다.

벽화에 묘사된 모습은 모두 베니스 비치의 일상적인 풍경이다. 금발의 미녀들과 섹시한 옷차림의 남녀, 롤러코스터를 타는 젊은이들. 정렬과 사랑, 순수함과 섹시함, 역사와 신화는 베니스 비치를 이루는 중요한 요소들이다. 또한 화가는 아메리칸드림을 상징하는 핑크색을 많이 사용함으로써 이곳이 희망과 기회의 땅임을 암시했다.

로스앤젤레스의 베니스 비치는 이처럼 특별하다. 이곳에는 찬란한 태양이 비추고 바닷바람이 불어온다. 해변 도로를 걷다 보면 롤러스케이트를 탄 젊은 아가씨들과 자주 마주치게 되는데, 방금 벽화에서 걸어 나온 것 같은 착각을 일으킨다.

벽화의 관리 · 보존은 쉬운 일이 아니다. 특히 이런 종류의 벽화는 대부분 개방된 공간에 그려지기 때문에 매일 바람, 햇볕, 빗물 등의 외부환경에 그대로 노출되기 마련이다. 언젠가는 필연적으로 칠이 벗겨지고 마모될 수밖에 없는 것이다. 다행히도 로스앤젤레스는 1년 365일 맑아

베니스 비치의 비너스
보티첼리의 명화 〈비너스의 탄생〉에서 영감을 얻었지만 분홍색 탱크탑에 파란색 핫팬츠를 입은 모습은 영락없이 '캘리포니아의 미녀'다.

손상이 덜한 편이다. 이런 기후적 환경이 베니스 비치에 유독 벽화가 많은 이유이기도 하다. 만약 다음에 로스앤젤레스를 방문할 기회가 생긴다면 벽화만큼은 꼭 챙겨보고 오길 바란다.

승리의 키스

미국 캘리포니아 주의 샌디에이고 시는 아름다운 자연으로 유명한 관광도시일 뿐 아니라, 미군 해군 제7함대의 기지가 있는 곳이기도 하다. 이곳에서는 F-18 호넷 전투기가 포효하며 이착륙하는 모습이나 대형 구축함이 다리 밑을 지나 항구로 들어서는 모습을 매일 볼 수 있다. 야자나무 위로 석양이 드리운 이 해군 도시의 모습은 위풍당당하면서도 낭만적이다.

'해군' 하면 왠지 로맨틱한 이미지가 떠오른다. 특히 2차 세계대전이 종식되던 순간을 포착한 한 장의 사진이 그런 이미지를 더욱 각인시켰다. 그 사진은 2차 세계대전이 끝났음이 선포된 직후 미국 뉴욕 타임스 스퀘어에서 미국 해군 병사와 간호사가 승전을 기뻐하며 환희의 키스를 나누는 모습을 찍은 것으로 '종전의 상징'이 되었다.

샌디에이고 해안에 위치한 미드웨이 항공모함 박물관 앞에는 사진 속 수병과 간호사의 모습을 그대로 확대해 만든 거대한 조형물이 있다. 자전거를 타거나 혹은 산책을 하면서 박물관 옆을 지나는 사람들은 누구나

이 낭만적이며 아름답고, 열정으로 가득한 예술작품을 감상할 수 있다.

최근 이 사진과 관련해 『승리의 키스』라는 책이 출판되었는데, 책에 의하면 사진 속 수병과 간호사는 서로 모르는 사이로, 사실 그날 처음 만났다고 한다. 수병의 이름은 조지 멘돈사로 놀라운 사실은, 그날 당시 그가 여자 친구였던 리타와 함께였다는 사실이다. 그날 두 사람은 영화를 보기 위해 타임스 스퀘어에 간 것인데 종전 소식이 전해지자 조지 멘돈사가 기쁨을 억누르지 못해 거리로 뛰쳐나갔고, 마침 근처를 지나던 간호사에게 열정적인 키스를 퍼부었던 것이다. 당시 간호사는 근처 치과에서 근무하던 이디스 셰인이라는 여성이었다.

훗날 조지 멘돈사는 이디스 셰인이 아닌 여자 친구 리타와 결혼했다. 재미있는 사실은, 리타도 그날 사진에 함께 찍혔다는 것이다. 그녀는 본의 아니게 수병의 뒤에서 미소를 짓는 '행인1'의 역할을 해야 했다. 물론 리타에게는 그 사진이 달가울 리 없을 것이다. 그녀는 왜 자신에게는 사진에서와 같은 뜨거운 키스를 해준 적이 없느냐며 남편을 종종 닦달한다고 한다.

샌디에이고 항만 당국은 예술발전위원회를 설립해 지역적 특색과 자연경관, 예술이 결합된 아름다운 항만도시의 이미지를 구축하기 위해 노력하고 있다. 공공 예술작품들도 모두 바다 혹은 항구라는 테마와 연관된다. 위원회의 임무는 예술가들의 창작활동을 독려함으로써 매력적인 해양도시의 이미지를 더욱 확고히 하는 것이다.

공공 예술작품은 관광객들에게 샌디에이고가 해양도시라는 인상을

승리의 키스
사진 속 수병과 간호사는 서로 모르는 사이로, 종전 소식을 전해들은 수병이 기쁨을 억누르지 못해 거리
로 뛰쳐나가 마침 근처를 지나던 간호사에게 열정적인 키스를 퍼붓은 것이라고 한다.

강하게 각인시키고 있다. 그런데 몇 년 전 이 작품들을 지금의 자리에 계속 그대로 둘 것인가에 대한 토론이 있었다. 사람들의 의견은 분분했다. 한때 해군으로, 수병 제복을 입어 봤던 내 의견을 감히 말하자면, 샌디에이고의 해변이야말로 이들 작품을 전시하는 데 최적의 장소라고 확신한다.

한 편의 환상적인 로드무비

20년 전, 나는 라스베이거스로 가기 위해 차를 몰고 사막을 횡단한 적이 있었다. 몹시 힘든 여정이었는데, 시간이 지나니 오히려 그때가 그리워졌다. 그래서 나는 다시 한 번 차를 운전해 같은 길을 달려 보기로 결심했다.

만약 미국 서부를 자동차로 여행할 생각이라면 반드시 사전에 차량 상태를 점검하고 출발해야 한다. 연료탱크에 오일은 충분한지, 고장 난 곳은 없는지 꼼꼼히 살펴보라. 만약 그렇지 않고 무턱대고 길을 나섰다가 사막 한가운데에서 차가 멈춰 버리기라도 한다면 그보다 더한 낭패는 없을 것이다.

길을 따라 달리다 보면 수많은 지선도로가 나온다. 도로 입구마다 표지판에 그 도로의 이름이 표기되어 있는데, 이름이 모두 특이하다. 예를 들면, '유령의 도시 길Ghost Town Rd'은 사실 미군 육군 부대의 훈련 기지인데 이름은 사뭇 희극적이다. 또 '잃어버린 언덕 길Lost Hill Rd'이라는 이름은 왠지 모를 신비함이 느껴져 상상력을 자극한다. '지우개 길Eraser Rd'은 지우개로 종이 위의 선을 지우듯, 이 도로도 언제든지 모래바람에 묻혀 버릴 수 있다는 것을 암시한다.

뜻을 도저히 알 수 없는 이름도 있다. 예를 들면, 'Zzyzx Rd' 같은 이름은 담당 공무원이 더 이상 이름이 생각이 나지 않아 아무렇게나 붙인 이름일지도 모르겠다. 어쨌든, 사막을 지나는 사람들 중 도로 이름에 크게 신경 쓰는 사람은 그리 많지 않다.

사막의 도로를 달리다 보면 때로 갈림길 입구에 주유소나 식당 같은 건물이 보이기도 한다. 하지만 차에서 내려 자세히 살펴보면 이미 사람의 그림자도 보이지 않는 폐허인 경우가 허다하다. 그야말로 '유령 도시'나 다름없다.

미국 사람들은 사막의 도로에서 유럽의 성이나 UFO의 파편 등을 보는 것에 이미 익숙해진 것 같다. 처음에는 사람들의 이목을 끌기 위해 지어졌을 이 건물들은 이제 뜨거운 태양과 타들어갈 것 같은 갈증에 정신이 혼미해진 여행자의 눈앞에 나타난 신기루 같은 존재가 되어 버렸다. 그래서 나는 사막을 운전할 때마다 한 편의 몽환적인 영화를 보는 듯한 느낌을 받는다.

신기루 같은 도시의 기적

라스베이거스, 이 도박과 환락의 도시가 변하고 있다. 예전에는 카지노 등의 도박 관련 산업이 중심을 이루었다면, 최근 몇 년 사이에는 남녀노소가 모두 즐길 수 있는 놀이시설이 속속 들어서고 있다. 기존의 호텔과는 확연히 다른 양상의 가족 단위 고객을 겨냥한 숙박업소도 우후 죽순처럼 늘어났다. 과장된 외관을 통해 휴양지와 오락시설의 이미지를 부각시켰으며, 카지노, 놀이공원, 공연장, 명품 쇼핑몰 등 다양한 부대시설을 구비해 가족 구성원 누구나 자신이 원하는 여가시간을 누릴 수 있도록 했다. 운하에서 곤돌라를 탈 수 있는 베니스 호텔, 엠파이어스테이트 빌딩과 자유의 여신상이 서 있는 뉴욕 호텔, 에펠탑이 있는 파리 호텔 등 호텔들이 내세우는 테마도 다양하다. 그중 가장 재미있는 호텔은 이집트의 피라미드를 테마로 한 파라오 호텔이다.

파라오 호텔은 건물 자체가 피라미드 모양이다. 그 앞에는 스핑크스 한 마리가 앉아 있고, 주위에 종려나무를 심어 마치 영화 속 한 장면처럼 보이기도 한다. 사실, 라스베이거스에 피라미드가 출현한 것은 이번이 처음이 아니다. 1930년대에 이미 누군가 이곳에 피라미드 건물을 세운 적이 있는데, 그 사람은 이집트인이 아니라 할리우드의 한 영화 제작사였다.

1930년대는 대공황으로 미국 경제가 침체에 빠져 있을 때였다. 하지만 역설적이게도 이때 할리우드 영화는 최고의 전성기를 맞이했다. 매번 경제가 침체기를 겪을 때마다 영화산업은 오히려 부흥기를 구가하게

파리 호텔
호텔 옆에 실제 에펠탑의 1/2크기의 모형을 세워 '파리'를 테마로 부각시켰다. 앞에는 또 다른 카지노 호텔인 'BALLYS 호텔'의 모습이 보인다.

엑스캘리버 호텔
아더왕의 전설을 테마로 한 카지노 호텔(왼쪽 위)이다. 호텔 전체가 중세 유럽의 성 모양으로, 오락적인
요소를 극대화했다.

라스베이거스
엠파이어스테이트 빌딩과 자유의 여신상이 서 있는 '뉴욕 호텔(오른쪽 위)'의 모습이다. 이처럼 라스베
이거스는 단순한 도박의 도시를 탈피하여 온 가족이 즐길 수 있는 휴양지로 떠오르고 있다.

되는데, 그 이유는 사람들이 현실에서 오는 스트레스와 무력감을 상대적으로 가격이 비교적 저렴한 영화를 통해 풀려고 하기 때문이다.

특히 고대 문명이나 이국적인 분위기의 역사물이 큰 인기를 끌었다. 그래서 당시 할리우드 영화 제작사들은 앞 다투어 〈클레오파트라〉처럼 이국적 색채가 짙은 영화를 제작했고, 심지어 라스베이거스 부근 사막에 이집트의 풍경을 재현하고, 피라미드, 스핑크스, 오벨리스크고대 이집트 왕조 때 태양신앙의 상징으로 세워진 기념비. 방첨탑方尖塔이라고도 함 – 옮긴이 등을 세웠다. 하지만 촬영이 끝난 후 이 건물들은 철거되지 않은 채 그대로 방치되었고, 몇십 년의 세월을 거치면서 모래바람에 파묻혀 자취를 감추게 되었다. 1990년대 말, 고고학자들이 이 건물들을 발굴하면서 미국의 고대 피라미드 존재 여부를 둘러싸고 한바탕 해프닝이 벌어지기도 했다.

사막 한가운데 세워진 환락의 도시 라스베이거스는 그 자체가 신기루와 같다. 여기에 최근 파라오와 스핑크스까지 더해져 신비스러운 느낌이 더욱 강해졌다. 어쩌면 이곳도 언젠가 다시 사막의 모래에 뒤덮이고, 더 먼 훗날 고고학자들이 이 신비한 피라미드를 발굴하는 날이 올지도 모르겠다.

파라오 호텔
건물 자체가 피라미드 모양이다. 앞에는 스핑크스 한 마리가 앉아 있고 주위에 종려나무를 심어 마치
영화 속 한 장면처럼 보인다.

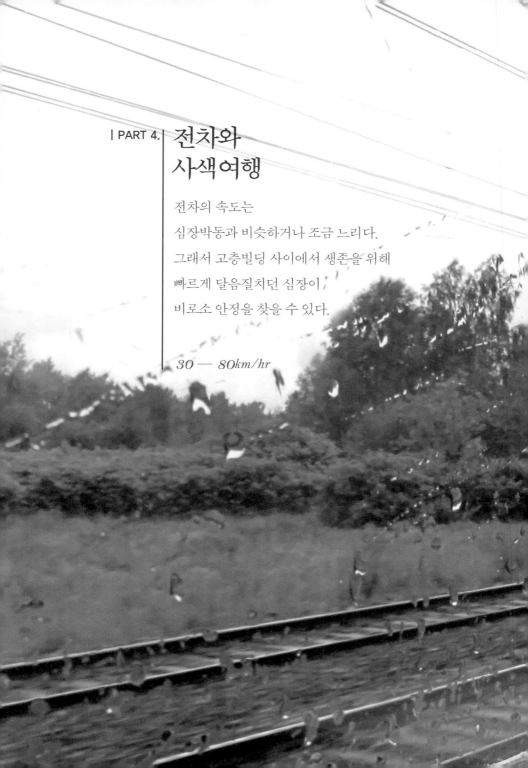

| PART 4. | 전차와
사색여행

전차의 속도는
심장박동과 비슷하거나 조금 느리다.
그래서 고층빌딩 사이에서 생존을 위해
빠르게 달음질치던 심장이
비로소 안정을 찾을 수 있다.

30 — 80km/hr

정감이 느껴지는 여행의 속도

$30 \rightarrow 80$ km/hr

정감이 있는 곳에서 속도는 느려질 수밖에 없다.

오래된 도시와 노면전차의 관계는

성탄절 아이에게 선물한

레고 장난감의 모형 마을과

레일 위를 달리는 장난감 기차와 같다.

사실 이 속도가 인간의 생활 리듬에는

가장 적절한 속도이다.

아라카와 유원지에는 회전목마와 관람차가 유유히 돌아가고 있었다. 전차 승객은 대부분 노인과 학생, 장을 보러 나온 주부들뿐이었다. 모두가 하나같이 한가해 보였다. 한겨울이었지만 햇살이 제법 따뜻했다. 이곳의 시간은 다른 곳보다 훨씬 천천히 흘러가는 것 같았다. 때로는 시간이 완전히 멈춘 듯한 느낌이었다.

나는 예전부터 노면전차처럼 작은 기차가 좋았다.

몸집이 비교적 큰 일반 기차에 비해 노면전차는 작고 앙증맞은 것이 마치 장난감 기차처럼 귀엽고 친근했다. 속도는 느리지만 아담한 몸체 덕분에 좁은 길도 지날 수 있으며, 옛 건축물이 많은 지역의 고전적 분위기와도 잘 어울린다.

도시를 여행하는 관광객에게는 노면전차의 느린 속도가 오히려 도움이 된다. 풍경 하나하나를 놓치지 않고 제대로 감상할 수 있기 때문이다. 도시를 걷다가 피곤해지면 전차에 올라 잠시 다리를 쉬게 하면서 풍경을 감상하는 것도 좋은 방법이다.

노면전차는 20세기 산업화를 거치면서 점차 도시의 생활 속에 자리 잡게 되었다. 나쓰메 소세키, 가와바타 야스나리, 다자이 오사무 등 일본 근대문학 작가들은 모두 노면전차가 가장 활발히 운행되던 시절에 살았다. 나쓰메 소세키의 소설 『도련님』에는 마쓰야마의 노면전차가 등장한다. 오늘날 이 열차는 '도련님 전차'라고 불리며 마쓰야마 시의 중요한 관광자원이 되었다.

노면전차는 문학과 특히 인연이 깊다. 어쩌면 아담하고 친근한 노면전차 자체가 이미 문학적인 요소를 가지고 있는 것일지도 모르겠다. 일본 작가 무라카미 하루키의 대표작 『상실의 시대』에는 와세다에서 토덴 아라카와센을 타고 오쓰카 역으로 가는 과정이 자세히 그려진다. 타이완의 영화감독 허우 샤오시엔이 일본의 영화감독 오즈 야스지로에게 존경을 표하기 위해 만든 영화 〈카페 뤼미에르〉에서도 토덴 아라카와센이 영화의 중요한 장소로 쓰였다.

아라카와센은 사람의 마음을 편안하게 해주는 묘한 마력이 있다.

도쿄에 올 때마다 나는 대도시의 번잡한 분위기에 싫증이 날 때면 아라카와센을 타고 비교적 오래된 주거지역을 무작정 돌아다녔다. 조시가야 묘지에 안장되어 있는 나쓰메 소세키의 무덤에도 찾아가 보고, 한가하게 거리를 걸으며 길거리 음식도 먹었으며, 아라카와 유원지에서 유유히 돌아가는 회전목마와 관람차를 바라보기도 했다.

때로는 시간이 완전히 멈춘 듯한 느낌이었다.

유럽의 비엔나와 프라하의 노면전차 즉, 트램도 마찬가지이다. 오래된 트램이 느린 속도로 구舊도심을 지날 때면 여행객들은 타임머신을 타고 시간여행에 빠져든다. 한때는 유럽에도 지하철 붐이 일어 많은 도시가 트램을 철거하고, 대신 속도가 빠른 지하철 시스템을 구축하는 데 열을 올렸다.

하지만 시간이 흐르자 사람들은 우아하고 아름다운 유럽의 도시에는 노면전차만큼 제격인 교통수단이 없다는 사실을 깨닫는다. 그래서 지금은 도시 재정비 사업의 설계 단계에서 트램 시스템이 빠지지 않고 들어간다. 이 트램들은 전통적인 것과는 확연한 차이를 보인다. 세련되고 참신한 것은 물론, 미래 과학을 보여 주는 혁신적인 디자인까지 다양하다. 이로써 트램은 또 하나의 관광 명물로 자리 잡고 있다. 노면전차가 다시 유럽에서 인기를 끌면서 혹자는 지금을 '트램의 르네상스'라고 부르기도 한다.

이것은 '정감'의 문제이다. 작고, 앙증맞으며, 귀엽고, 친근감이 있다는 것은 모두 '정감이 있다'와 통한다. 노면전차와 오래된 건축물에서는 사람 냄새가 난다. 정감이 느껴진다.

정감이 있는 곳에서 속도는 느려질 수밖에 없다. 오래된 도시와 노면전차의 관계는 성탄절 아이에게 선물한 레고 장난감의 모형 마을과 레일 위를 달리는 장난감 기차와 같다.

사실 이 속도가 인간의 생활 리듬에는 가장 적절한 속도이다.

전차의 속도는 심장박동과 비슷하거나 조금 느리다. 그래서 고층빌딩 사이에서 생존을 위해 빠르게 달음질치던 심장이 비로소 안정을 찾을 수 있다. 한숨을 돌릴 공간이 생기는 것이다! 노면열차의 속도에 맞춰 다시 심장의 박자를 고른 다음, 정류장에 도착하면 힘차게 다음 발걸음을 내딛을 수 있다.

어린 시절의
나 를
만 나 다
_와카야마 전차와 고양이 역장

country	일본
city	와카야마
travel	와카야마 전차
speed	80km/hr
place	와카야마 역, 기시 역(타마 역), 타마 역 내 상점,
	타마 역 신사神社
artist	고양이 타마, 미토오카 에이지
emotion	귀여움, 즐거움, 동심, 천진난만함, 흥분

이 전차는 참 신기하다. 덜컹거리며 천천히 달리면서도 시공을 초월해 아들과 어린 시절의 나를 이어 주는 힘을 지녔으니 말이다. 사실 기차를 타는 즐거움은 석양이 열차 위에 골고루 내려앉는 것처럼 어른과 아이의 구분이 없다. 앙증맞은 전차 안에서 시간은 느려지고, 사람들은 제각각 가장 행복했던 시절의 기억에 시침을 멈춘다.

기시 역
여행 분위기를 고조시키기 위해 기시 역을 가까이에서 볼 때는 일본의 전통 민가처럼 보이도록 했지만
조금 떨어져서 보면 역사 건물 전체가 한 마리 고양이처럼 보이도록 개조했다.

어떻게 폐쇄 위기의 기차역이 기사회생할 수 있었을까? 일본의 와카야마 기시가와 노선은 작은 시골마을이 철도 부흥을 이룬 모범사례이다. 그런데 이 부흥을 이끌어낸 것은 놀랍게도 사람이 아닌 고양이였다. 평범한 고양이 한 마리가 파산의 위기에 직면한 기시가와 노선을 일본에서 가장 인기 있는 철도로 탈바꿈시켰다.

고양이 열차의 탄생

기시가와 노선은 와카야마 역을 출발해 들판을 지나 기시 역까지 운행한다. 이 노선의 승객은 마을 주민이나 학생 정도가 전부였다. 이것이 티켓 판매량의 전부나 다름없었다. 노선을 유지하는 것이 사실상 어려운 수준이었으므로 기시가와 노선은 파산 위기에 직면했다.

그러던 어느 날 사람들은 기시 역 식료품점 주인이 기르는 '타마'라는 고양이를 보고 기발한 아이디어를 생각해냈다. 타마를 기시 역의 역장으로 임명하기로 한 것이다. 이렇게 타마 역장의 사진을 찍어 홍보한 결과 일본 전 국민의 관심을 받게 되었고, 역장 모자를 쓴 이 작은 고양이는 단숨에 '유명인사'가 되었다.

고양이 전차
고양이 전차의 테마는 당연 고양이 '타마'이다. 차체 옆면에는 타마의 모습을 그려 넣었고, 차체 앞면에
도 고양이의 수염을 만들어 귀여운 느낌을 준다.

천재 디자이너의 열차

고양이 애호가들이 몰려들면서 기시가와 노선의 수입은 크게 증가했고, 아무도 모르던 이 노선은 순식간에 전국에서 가장 유명해졌다. 타마 덕분에 기시가와 노선은 파산의 위기에서 벗어났다. 하지만 고양이 역장 하나만을 보기 위해 기시 역까지 가기에는 노선이 너무 무미건조하고 지루했다. 그래서 철도회사는 일본에서 열차 디자인으로 가장 유명한 공업디자이너 미토오카 에이지를 초빙했다.

미토오카 에이지는 동일본여객철도를 위해 지금까지 보지 못했던 독특한 열차를 디자인해 왔다. 예를 들면, 유후인 온천마을로 가는 유후인 노모리 열차는 초록색의 외관과 목재로 이루어진 내부가 유후인의 산림과 매우 잘 어울린다. 또, 나가사키행 카모메우리말로 갈매기를 뜻함 - 옮긴이 열차는 외관을 하얀색으로 처리하고, 내부에는 바다를 감상할 수 있는 넓은 창을 마련했다. 또 한자 서예작품들을 장식한 공공장소 및 안락한 식당 칸 등을 구비해 나가사키 항만을 여행하는 데는 최적이다. 883계 열차 '소닉'은 우주선 느낌의 차체와 곤충 모양처럼 생긴 머리 부분도 특이하지만, 내부의 의자 시트 윗부분에 두 개의 동그라미가 볼록하게 올라와 있어 미키마우스의 두 귀를 연상시킨다. 그래서 '미키마우스 열차'로도 불린다. 이 모든 독특한 디자인이 모두 미토오카 에이지에게서 나온 것이다.

미토오카 에이지는 기시가와 노선을 위해 특별히 '고양이 전차', '딸기 전차', '장난감 전차' 세 가지 콘셉트의 전차를 디자인했다. '고양이 전차'

장난감 전차
붉은색의 장난감을 테마로 한 전차이다. 안팎의 모든 장식이 모두 장난감과 연관되어 있다. 창문에는 일본 아이들에게 인기가 많은 OMO Omocha라는 일본 완구 – 옮긴이의 로고가 붙어 있다.

는 물론 타마를 테마로 했는데, 열차의 모든 장식이 고양이와 관련 있다. 때로는 타마가 기관장이 되어 직접 열차에 올라 손님들을 위해 '서비스'를 한다고 하니 기대해 볼만하다. 객실 내에는 도서관도 마련되어 있다. 이곳에서 어린아이들이 자유롭게 동화책을 읽을 수 있기 때문에 지루해서 울거나 떼쓰는 아이들도 많이 줄었다.

'딸기 전차'는 이 지역의 특산물인 딸기를 테마로 했다. 빨간색의 '딸기 전차' 역시 아이들에게 인기가 높다. 하지만 아이들에게 가장 사랑받는 열차는 단연 '장난감 전차'이다. 한번 생각해 보라. 전차 안이 모두 장난감으로 가득하다면 어찌 아이들이 팔짝팔짝 뛰며 좋아하지 않을 수 있겠는가!

한 번에 한 가지 전차만 탈 수 있기 때문에 세 가지 전차를 모두 타려면 기시가와 노선을 여러 번 이용해야 한다. 미토오카 에이지의 디자인이 더해지면서 고양이 '타마' 붐은 다채롭고 흥미로운 관광 상품으로 발전했다. '고양이 여행'은 기시가와 노선 전차에 오르는 순간부터 시작되어 종점인 기시 역에서 타마 역장을 만나는 순간 정점에 달한다. 참신한 아이디어와 미토오카 에이지가 만든 세 가지 테마 전차는 풍부한 상상력으로 파산 직전의 철도회사를 회생시켰고, 수많은 관광객을 유치했다.

고양이 여행의 절정, 타마 역

여행 분위기를 고조시키기 위해 노선의 종점인 기시 역은 몇 년 전 역

와카야마 전차
'고양이 전차'(위)에는 도서관이 있어 어린아이들이 자유롭게 동화책을 볼 수 있다. '장난감 전차'(아래)
에는 곳곳에 장난감이 배치되어 있을 뿐 아니라 자판기도 있어 돈을 넣고 마음에 드는 장난감을 바로
구입할 수 있다.

사를 흥미로운 모습으로 개조했다. 가까이에서 볼 때는 일본의 전통 민가처럼 보이지만 조금 떨어져서 보면 역사 건물 전체가 눈도 있고, 귀도 있는 한 마리의 고양이라는 것을 알 수 있다. 지붕에는 'TAMA'라는 글자 간판이 있는데, 이로써 역은 기시 역에서 '타마 역'으로 변신한다. 역사 내에는 타마 박물관과 카페, 기념품 가게 등이 있어 이곳을 찾은 관광객들은 저마다 손에 기념품을 사들고 즐거운 표정으로 집으로 돌아갈 수 있다. 또, 플랫폼에는 '고양이 신사', '딸기 신사', '장난감 신사' 총 세 개의 신사神社, 일본 황실의 조상이나 신, 또는 국가에 공로가 큰 사람을 신으로서 모신 사당 – 옮긴이가 마련되어 있다. 물론 이 모든 것은 상업적인 목적을 위해 만들어졌다.

나는 상업적인 것들을 별로 좋아하지 않는다. 하지만 '타마 역'의 상상력만큼은 나를 즐겁게 한다. 고양이 전차에 오르는 순간 오랫동안 잊고 살았던 순수함이 깨어나는 기분이다. 마치 장난감 기차를 가지고 놀던 어린 시절의 나로 돌아간 것 같다.

한번은 아들을 데리고 고양이 전차를 탄 적이 있다. 아들 녀석이 즐거워하는 모습을 보면서 어느새 나도 그 즐거움에 함께 빠져들었다. 이 전차는 참 신기하다. 덜컹거리며 천천히 달리면서도 시공을 초월해 아들과 어린 시절의 나를 이어 주는 힘을 지녔으니 말이다. 사실 기차 타는 즐거움은 석양이 열차 위에 골고루 내려앉는 것처럼 어른과 아이의 구분이 없다. 앙증맞은 전차 안에서 시간은 느려지고, 사람들은 제각각 가장 행복했던 시절의 기억에 시침을 멈춘다.

기시 역
역사 내에는 타마 박물관과 카페, 기념품 가게 등이 있고(아래), 플랫폼에는 '고양이 신사', '딸기 신사', '장난감 신사' 총 세 개의 신사(위)가 마련되어 있다.

공 중 을
달 리 는
도 시 전 차

_ 치바 도시 모노레일과 호키 미술관

country	일본
city	치바
travel	치바 도시 모노레일
speed	65km/hr
place	치바 시 JR 역, 부엉이 파출소, 토케 역, 호키 미술관
artist	니켄 세케이
emotion	귀여움, 안심, 평온, 특이함, 기이함

치바 시 부엉이 파출소가 위치한 곳은 JR 역사 앞이라 통행량이 비교적 많은 편이다. 게다가 머리 위로 모노레일까지 지나가니 주변이 더 복잡하고 어수선해 보인다. 하지만 부엉이 파출소는 여전히 그 자리에 침착하게 서 있다. 지나가는 사람들은 그 듬직한 모습에 왠지 마음이 놓인다.

호키 미술관
쾌적한 주거 환경에 호키 미술관까지 있으니 이곳 사람들은 정말 'HOKI'라는 이름처럼 복을 받은 것 같다.

나는 도쿄는 여러 번 방문했지만 도쿄의 위성도시인 치바에 갈 일은 많지 않았다. 이번에 치바에 갔던 이유는 오직 치바 시의 현수식懸垂式, 매달려 운행하는 방식으로 계기의 가동 부분을 현수선으로 매달음 - 옮긴이 도시 모노레일 때문이었다. 그런데 뜻밖에도 치바 시 역사 앞에 독특하고 재미있는 건물들이 의외로 많았다. 기대도 하지 않았던 깜짝 선물이었던 터라 무척 반가웠다. 모노레일은 보통 디즈니랜드 같은 놀이동산이나 만국박람회에서나 볼 수 있는 교통수단으로, 일상생활에서는 접할 기회가 흔치 않다. 하지만 도쿄와 그 부근 지역에는 도시 모노레일이 설치된 곳이 여럿 있다. 그중 치바 시의 모노레일은 현수식으로 운행되기 때문에 마치 하늘을 날아다니는 듯한 착각이 든다. 그래서 어떤 이들은 치바 도시 모노레일을 '공중 전차'라고 부른다.

귀여운 부엉이 파출소

JR 전차를 타고 치바 역에서 내리자 바로 길 건너편으로 허공을 횡단하며 나 있는 모노레일 철로가 보였다. 그 밑으로 현수식 도시 모노레일이 분주히 지나다니는 모습은 마치 공상과학 영화의 한 장면을 보는 듯했다. 그런데 그 순간, 나는 뜻밖의 건물 하나를 발견하고는 기분이 더 좋아졌다. 철로 아래에서 거대한 부엉이 한 마리가 우리를 맞아 주고 있었기 때문이다. 높이 3층 정도 건물인 치바 시 파출소였다.

치바 도시 모노레일
치바 시 JR 역 앞의 부엉이 파출소가 있다. 머리 위로 모노레일까지 지나가니 주변이 복잡하고 어수선할 법도 한데 여전히 그 자리에 침착하게 서 있는 모습이 꽤 듬직해 보인다.

사실 부엉이 모양의 파출소 건물은 도쿄에 몇 군데 더 있다. 이케부쿠로 역 앞에도 부엉이 파출소가 있는데, 커다란 눈에 학사모를 쓴 모습이 귀엽기 그지없다. 부엉이의 동그란 두 눈은 파출소의 창문이다. 저녁이 되어 실내에 불이 켜지면 부엉이 눈에도 불빛이 들어온다. 마치 밤늦게 귀가하는 시민들에게 '밤에도 우리가 두 눈을 부릅뜨고 안전하게 귀가할 수 있도록 도와 드리겠습니다.'라고 말하는 것 같다. 타이완에도 비슷한 파출소가 있다. 메이산 근처에 그 지역에서 서식하는 타이완 올빼미의 모습을 형상화한 파출소를 지어 지역 특색까지 살렸다.

도쿄의 파출소 건물은 획일화된 모양이 없다. 설계를 맡은 디자이너에 따라 제각각이다. 디자이너는 자신이 파출소에 대해 가지고 있는 정의定義와 개념에 따라 디자인을 하는데, 보통 '감시와 통제', '친절과 봉사' 두 가지 관점으로 나뉜다. '감시와 통제'를 파출소의 역할이라고 생각하는 디자이너들은 일종의 성악설에 근거한다. 경찰은 수시로 도시를 감시해 불법적인 행위가 일어나지 않는지 봐야 하며, 만약 그런 행위가 발생했을 경우 적절한 통제를 가하는 것이 경찰 본연의 임무라는 것이다. 따라서 이들이 디자인한 파출소의 모습은 비교적 방위적인 형태의 보루 같은 느낌을 준다. 이에 비해 '친절과 봉사'를 중요시하는 디자이너들은 경찰이 시민의 보호자인 만큼 시민들에게 위화감이나 공포를 느끼게 해서는 안 된다고 생각한다. 그래서 이들이 디자인한 파출소는 만화 캐릭터 형상 혹은 귀여운 동물 모양이 많다.

치바 시 부엉이 파출소가 위치한 곳은 JR 역사 앞이라 통행량이 비교

치바 시 JR 역
역 앞에는 도시 모노레일 외에도 귀여운 부엉이 파출소와 창의적이고 기능성이 단연 돋보이는 자전거 보관대가 있다.

적 많은 편이다. 게다가 머리 위로 모노레일까지 지나가니 주변이 더 복잡하고 어수선해 보인다. 하지만 부엉이 파출소는 여전히 그 자리에 침착하게 서 있다. 지나가는 사람들은 그 듬직한 모습에 왠지 마음이 놓일 것이다. 밤이 되어 부엉이 눈에 불이 켜지면, 이 충실한 보호자가 더 믿음직해 보여 밤늦게라도 안심하고 귀가할 수 있으리라.

혁신적인 자전거 보관대

내가 도쿄에서 전차와 파출소 외에도 눈여겨보는 것이 하나 더 있는데, 그것은 바로 자전거 보관대이다. 도쿄는 전차 노선이 잘 정비되어 있고, 자가용 유지비용도 상당히 비싸기 때문에 시민들은 대부분 출퇴근 시 전차를 이용한다. 하지만 집에서 전차 정거장까지는 보통 도보로 약 10~20분 정도가 소요되는 경우가 많아 사람들이 자전거를 주로 이용한다. 그래서 자전거는 도쿄 시민들에게 있어 통근을 위한 중요한 교통수단 중 하나이다.

그런데 요즘 자전거 '주차' 문제 때문에 도쿄 시민들이 많은 불편을 겪고 있다. 비록 전차 정거장 부근에 각종 자전거 보관대가 비치되어 있지만 빈자리를 찾기란 좀처럼 쉽지 않다. 게다가 넘쳐나는 자전거들 때문에 주변 환경이 너무 산만해지면서 시 경관도 해치고 있다. 그래서 자전거 보관대를 개선하는 작업이 도쿄 시 당국의 시급한 해결 과제로 떠올

에코 사이클 자전거 보관대
바퀴를 바닥의 길고 가늘게 생긴 홈에 끼워 넣으면 순식간에 자전거가 건물 안으로 빨려 들어간다.

랐다.

치바 시 역사 부근에서 나는 부엉이 파출소 외에도 아주 흥미로운 시설 하나를 발견했다. 어떤 노인이 자전거를 작은 원통 건물 앞으로 끌고 가더니 바퀴를 바닥의 길고 가늘게 생긴 홈에 끼워 넣었다. 그러자 물속의 악어가 사슴을 낚아채듯 순식간에 자전거가 건물 안으로 빨려 들어갔다. 그 모습을 보고 나는 잠시 어안이 벙벙했다.

이 건물은 에코 사이클Eco Cycle이었다. 환경문제로 인해 자전거 이용이 보편화되면서 역사 앞 자전거 보관 문제가 시 당국의 해결 과제로 대두되자 도입된 것이 바로 에코 사이클이다. 에코 사이클은 컴퓨터를 이용한 전자동 시스템으로, 지하에 원통형 탑 모양의 자전거 보관대가 설치되어 있다. 자전거가 건물 안으로 '흡입'된 후 지하의 보관대에 보관되기 때문에 공간을 크게 절약할 수 있다. 자전거가 인도의 대부분을 차지하거나 시 경관을 해치는 등의 문제를 모두 깔끔하게 해결하는 것이다.

치바 시 역 앞에서 나는 도시계획의 혁신과 진보를 보았다. 처음 계획했던 교통운송시스템 모노레일 외에도 공공기관 건물인 부엉이 파출소와 시민 편의시설인 에코 사이클을 볼 수 있었던 것은 나에게 뜻밖의 선물이었다.

호키 미술관

치바에는 최근 새 미술관이 개관해 주목을 끌고 있다. 나는 이 미술관을 보기 위해 치바 역에서 JR 소토보센 전차를 타고 토케 역까지 갔다. 그런데 이 역의 이름을 보자 나도 모르게 웃음이 나왔다. 중국어에서 '촌스럽다, 촌티가 난다'라는 뜻을 가진 '토리토기土裏土氣'라는 단어가 떠올랐기 때문이다. 하지만 호키 미술관을 직접 보자 이런 불경한 생각은 일순간에 사라졌다.

타이완 사람이라면 누구나 이 미술관의 이름을 듣자마자 기분이 좋아질 것이다. '호키HOKI'는 타이완 방언 중 '복福'을 의미하는 단어와 발음이 비슷하기 때문이다. '복을 가져오는' 미술관을 누가 좋아하지 않을 수 있겠는가. 그래서 대도시에서 조금 멀리 떨어져 있는 치바 현에 위치해 있음에도 불구하고 이 미술관은 개관한 지 몇 년도 되지 않아 타이완 사람들에게 매우 유명한 관광명소로 떠올랐다.

흥미로운 사실은, 이 미술관이 유명 디자이너가 아닌 일반 시설물 시공사인 니켄 세케이에 의해 설계되었다는 점이다. 니켄 세케이는 최근 몇 년 동안 도쿄 스카이트리 등 대형건물의 시공을 주로 맡아왔다. 호키 미술관은 니켄 세케이가 설계한 건물 중 단연 예술성이 가장 돋보이는 작품이다.

미술관 내부는 바닥재의 이음새, 펜던트 조명과 같은 잡동사니들을 철저히 배제해 우아하고 간결한 인상을 준다. 하지만 '평면 위의 해체주

호키 미술관
호키 미술관은 '평면 위의 해체주의'를 구현했다. 공중에 떠 있는 이 구조물은 초현실적인 느낌을 잘 표현했다.

의'라고 할 만큼 복도의 구조가 일반인에게는 생소하게 배열되어 있어 자칫 미로에 빠진 것처럼 길을 잃을 수도 있다. 그러나 정신을 바짝 차리고 표시되어 있는 지시에만 잘 따른다면 무사히 미술관 밖으로 나올 수 있다.

미술관 내부에는 관주館主인 호키 선생이 수집한 초사실주의 그림이 전시되어 있다. 이런 작품들은 요즘 다른 미술관에서는 좀처럼 찾아보기 어렵다. 미술관 건물 자체의 독특함에 놀라고 즐거웠다면, 이번에는 초현실주의 작품들에 또 한 번 눈이 즐겁다. 미술관 복도가 좁아서일까? 작품들을 가까이에서 감상할 수 있었다. 초사실주의 작품을 감상하기에는 이렇게 좁은 공간이 오히려 더 안성맞춤이다.

호키 미술관에서 가장 특색 있는 부분은 실외로 뻗어 나간 직사각형의 복도이다. 공중에 떠 있는 이 구조물은 초현실적인 느낌을 잘 표현했다. 받침대도 없이 공중에 떠 있는 모습이 몹시 불안정해 보이지만, 실제 이 복도를 걷다 보면 조금의 흔들림도 느껴지지 않을 만큼 상당히 견고하다는 것을 알 수 있다. 윗부분은 유리벽으로 처리해 밖의 풍경을 감상할 수 있도록 했다. 구조물은 지상으로부터 3m나 떨어져 있어 일본의 구조설계 능력을 잘 보여 준다. 미술관 옆에 서서 이 복도 구조물이 홀로 허공을 가로질러 뻗어 나간 모습을 보고 있노라면 감탄이 절로 나온다.

이제 막 개발되기 시작한 이 지역에는 '쇼와이 숲'이라는 산림공원이 있어 주민들이 산책이나 운동을 하며 여가를 즐기곤 한다. 그런데 이제 미술관까지 생겼으니 더 풍부한 문화·여가 생활을 누릴 수 있게 되었다.

타이완은 지역개발을 우선으로 여겨 무조건 영리를 목적으로 한 상업적인 건물들만 우후죽순처럼 생겨나고 있다. 그렇기에 치바 현의 이러한 개발 방식은 그저 부럽기만 할 뿐이다. 쾌적한 주거 환경에 호키 미술관까지 가지고 있으니 이곳 사람들은 정말 'HOKI'라는 이름처럼 복을 받은 것 같다.

호키 미술관
호키 미술관에서 가장 특색 있는 부분은 실외로 뻗어 나간 직사각형의 복도이다. 구조물은 지상으로부터 3m나 떨어져 있어 일본의 구조설계 능력을 잘 보여 준다.

해변을 달리는
청   춘   의
동   반   자

_에노덴 전차와 세계 최고의 아침식사

country	일본
city	후지사와, 가마쿠라
travel	에노덴 전차
speed	60km/hr
place	에노덴, 쇼난 해변, 가마쿠라 고등학교, 가마쿠라 고등학교 역, 시치리가하마 역, 빌즈 레스토랑, 가마쿠라 스타벅스
artist	미야자키 하야오, 가와바타 야스나리, 다자이 오사무, 치바 마나부 아키텍츠, 쿠마 켄고, 요코야마 미쯔테루
emotion	순수, 현기증, 미소, 천진난만

나는 에노덴 전차를 '땡땡이 전차'라고 부르곤 했다. 예전에 몇 번 이곳에 왔을 때마다 교복을 입고 책가방을 멘 학생들이 수업을 몰래 빠지고 쇼난 해변으로 놀러가는 것을 보았기 때문이다. 한창 들떠 있는 그 청춘들의 얼굴에 근심이란 없었다. 나에게는 그 모습이 무척 인상적이었다.

가마쿠라 스타벅스
가마쿠라 스타벅스에는 작은 풀장이 있는데, 그 옆으로 벚나무가 심어져 있다. 봄이 되면 풀장 앞에 앉아 만개한 벚꽃을 감상할 수 있다.

에노덴 전차는 도쿄를 대표하는 유명한 전차 노선 중 하나이다. 코시고에 역을 출발해 협곡처럼 좁은 길을 지나 드넓은 바다에 이르는데, 흔들리는 전차에 앉아 에노시마의 서쪽 수평선으로 가라앉는 석양을 바라보는 것만큼 아름다운 경관도 없을 것이다.

만약 석양을 마음껏 감상하고 싶다면 가마쿠라 고등학교 역에서 하차해 승강장에 서서 가만히 서쪽 바다를 바라봐도 된다. 눈을 크게 뜨고 귀를 기울여 보면 붉게 달아오른 쇳덩어리를 찬물에 식힐 때처럼 서쪽 바다에서 미세한 수증기가 올라오며 '치지직' 하고 식는 소리가 들릴지도 모른다.

해변을 달리는 전차

가마쿠라 고등학교 역은 아름다운 석양 때문에 '일본의 가보고 싶은 역 100선'에 선정되기도 했다. 가마쿠라 고등학교는 만화 〈슬램덩크〉의 배경이 된 쇼호쿠 고교우리나라에서는 북산고로 번역됨 – 옮긴이의 모델이기도 하다. 반짝이는 바다를 배경으로 초록색 에노덴이 지나가고, 그 모습을 바라보고 있는 주인공 강백호의 뒷모습. 가마쿠라 고등학교 주변에는 이처럼 만화 속 장면과 완벽하게 일치하는 장소를 몇 군데 찾아볼 수 있다.

고등학생들의 순수한 사랑은 참 풋풋하고 낭만적이다. 에노덴에 앉아 바다를 바라보고 있자니 왠지 〈센과 치히로의 행방불명〉이라는 애니메

쇼난 모노레일
현수식 방식이라 마치 '공중 전차'를 타고 하늘을 나는 기분이 든다. 그래서 고소공포증이 있는 사람들
은 이 열차를 타면 경미한 현기증을 느낄 수 있다.

이션이 떠올랐다. 영화 속에 등장하는 투명한 물 위를 운행하는 전차는 아마 백 퍼센트 작가의 상상에만 의존한 것이 아니라 이러한 경험에서 나왔을 것이라는 생각이 들었다.

에노시마에 가면 바다를 볼 수 있는 전차 외에도 쇼난 모노레일도 탈 수 있다. 오후나 역에서 출발하는데, 현수식 방식이라 마치 '공중 전차'를 타고 하늘을 나는 기분이 든다. 그래서 고소공포증이 있는 사람들은 이 열차를 타면 경미한 현기증을 느낄 수 있다. 에노시마에서는 다양한 교통수단을 이용할 수 있어 아름다운 풍경을 다양한 각도에서 감상할 수 있는 것이 큰 강점이다.

땡땡이 전차

에노덴 전차는 이미 100년의 역사를 가지고 있다. 가와바타 야스나리와 다자이 오사무 등 일본 근대문학의 거장들은 모두 이 '바다를 볼 수 있는 전차'를 타본 경험이 있다. 나는 에노덴 전차를 '땡땡이 전차'라고 부르곤 했다. 예전에 몇 번 이곳에 왔을 때마다 교복을 입고 책가방을 멘 학생들이 수업을 몰래 빠지고 쇼난 해변으로 놀러가는 것을 보았기 때문이다. 한창 들떠 있는 그 청춘들의 얼굴에 근심이란 없었다. 나에게는 그 모습이 무척 인상적이었다. 비록 나도 교편을 잡고 있었음에도 불구하고 이른바 '땡땡이'라고 부르는 행위, 즉 무단결석에도 분명 정당성과

에노덴 전차
나는 100년의 역사를 가진 이 전차를 '땡땡이 전차'라고 부르곤 한다. 교복을 입은 학생들이 수업을 몰래 빠지고 놀러가는 것을 쉽게 목격할 수 있기 때문이다.

필요성이 있다는 것을 인정하지 않을 수 없었다.

특히 지금처럼 틀에 박힌 교육 시스템에서 시험은 아이들의 청춘을 옥죄고, 그들의 창의성과 영감을 앗아간다. 학생들은 공부를 해야 하는 이유에 대해 진지하게 고민해 볼 겨를도 없이 경쟁으로 내몰린다. 인생의 목표와 가치는 더 이상 고려의 대상이 아니다. 오직 시험만이 인생이 유일한 목적이 되어 버린다. '땡땡이'는 아이들이 숨을 쉬도록 해준다. 특히 학교 수업을 '땡땡이 치고' 드넓은 바다를 보는 행위는 그 자체로 치유의 효과가 있다. 자신의 인생을 돌아보고 앞으로 나아갈 방향에 대해 진지하게 생각해 볼 기회를 준다.

에노덴 전차를 타고 에노시마의 협곡처럼 좁은 거리를 달리다 보면 어느 순간 눈앞이 갑자기 확 트이면서 드넓은 바다가 끝없이 펼쳐진다. 전차는 가마쿠라 고등학교 역과 쇼난 해변, 강백호가 서 있던 철길 건널목을 지나 시치리가하마 역에 멈춘다. 최근 이 역 부근의 해변에는 특이한 건물들이 많이 생겼는데, 가장 인상적인 곳은 '세계 최고의 아침식사'라고 불리는 호주 브랜드의 음식점 빌즈bills이다.

세계 최고의 아침식사

일본의 건축디자인 회사 치바 마나부 아키텍츠에서 설계한 'Weekend House Alley'는 주거, 사무실, 상점 및 레스토랑을 모두 합한 종합 건물

Weekend House Alley와 빌즈 레스토랑
'Weekend House Alley'는 주거, 사무실, 상점이 공존하는 종합 건물로, 2층에는 빌즈라는 레스토랑이
있다.

로, 특이하게도 모든 공간의 교차점마다 'Alley골목'라는 부분이 있다. 이 교차점 부분을 쌀미米자 형태로 (여기에서 단지 획 하나만 빠진 모양이다.) 건물의 각 부분을 쪼개어 주거 단지, 사무실, 상점 등으로 분리했다. 'Weekend House Alley'는 마치 쇼난 해변에 형성된 작은 마을과도 같아서 그 안에서 여가활동과 생활이 모두 가능하다.

그곳 2층에는 빌즈라는 레스토랑이 있다. 어떤 사람들은 세상에서 가장 맛있는 아침식사를 할 수 있는 곳이라고 하는데, 내 생각에는 조금 과장된 감이 없지 않다. 하지만 세상에서 가장 아름다운 해변 레스토랑이라는 데는 이의가 없다. 평소 해변을 마주 보고 있는 통유리창이 개방되어 있어 마치 건물 내부가 아닌 발코니에서 식사를 하는 느낌이다. 창가에는 편하고 푹신한 긴 소파가 놓여 있어 음료를 마시면서 바다를 감상하거나, 소파에 앉아 여유롭게 음식의 맛을 음미할 수 있다. 석양이 아름답기로 유명한 쇼난 해변에 딱 어울리는 레스토랑이 아닐까 한다.

세계 최고의 아침식사(하루 중 언제라도 아침 메뉴를 주문할 수 있다.)를 즐기고, 아름다운 해변을 마음껏 본 후 나는 다시 에노덴 전차에 올라 흔들리는 전차에 몸을 싣고 고도古都 가마쿠라로 돌아왔다.

풀장이 있는 스타벅스

일본의 고도古都 가마쿠라 오나리마치점 스타벅스는 도심의 일반적인 스타벅스 건물과는 확연한 차이를 보인다. 최근 몇 년 동안 스타벅스는 일본에 특이한 콘셉트의 체인점을 많이 개점했는데, 이 건물들은 지금까지의 스타벅스 체인점에서는 볼 수 없었던 지역적인 특색을 많이 가미했다.

예를 들면 규슈 다자이후텐만구에 있는 스터벅스는 건축가 쿠마 켄고의 작품으로, 실내에 여러 개의 가늘고 긴 나무 막대를 격자로 겹겹이 장식하여 마치 새 둥지 같은 느낌을 표현했다. 이런 원목의 느낌은 일본 전통식 목제 가구의 느낌과도 일맥상통한다. 또, 도쿄 우에노 공원에 위치한 스타벅스는 실내를 되도록 개방할 수 있게 꾸며 마치 자연공원에 원래부터 존재했던 오두막 같은 느낌을 주었다.

가마쿠라의 스타벅스는 만화가 요코야마 미쯔테루의 오래된 별장을 개조해서 만들었다. 별장에는 작은 풀장이 있는데, 그 옆으로 벚나무가 심어져 있어 봄이 되면 풀장 앞에 앉아 만개한 벚꽃을 감상할 수 있다. 꽃잎이 바람에 휘날려 물 위로 가만히 내려앉는 모습을 보고 있노라면 고즈넉한 운치가 느껴진다. 스타벅스는 이 별장을 매우 특이한 구조로 개조했는데, 먼저 풀장이 내다보이는 벽면을 완전히 허물고 통유리로 대체했다. 날씨가 좋은 날에는 통유리를 개방해 정원과 실내의 공기가 자연스럽게 순환되도록 했다.

이런 공간적 특색은 일본의 전통 주택 양식과 일치한다. 자연을 자연스럽게 실내로 끌어들임으로써, 복도 등의 공간을 아름답고 운치 있는 테라스 공간으로 절묘하게 탈바꿈시키는 것이다. 나는 스타벅스 실내로 들어가지 않고 툇마루처럼 생긴 복도에 앉아 벚꽃이 잔잔한 물 위로 떨어지는 것을 한참 동안 바라보았다.

도심의 스타벅스는 천편일률적이다. 어디를 가든 비슷한 실내 디자인으로 똑같은 분위기를 연출한다. 하지만 가마쿠라의 스타벅스에는 풀장과 흩날리는 벚꽃이 있다. 이곳에서 커피 한잔 값은 고즈넉하고 운치 있는 별장 정원의 입장권과 같다. 이 정도면 손님으로서는 남는 장사다.

가마쿠라 스타벅스
자연을 자연스럽게 실내로 끌어들임으로써, 복도 등의 공간을 아름답고 운치 있는 테라스 공간으로 절
묘하게 탈바꿈시켜 자연을 감상할 수 있도록 했다.

사색을 부르는
매 력 적 인
도   시
_에이잔 전철과 교토의 색다른 여행

country	일본
city	교토
travel	에이잔 전철
speed	60km/hr
place	데마치야나기, 교토 대학, 교토 조형예술대학, 게이분샤
	이치죠지점, 히에이 산, 교토 국제회관
artist	마츠모토 레이지, 오오타니 유키오, 르 코르뷔지에, 단게 겐조
emotion	정감, 부드러움, 평온함, 추억, 힐링, 환상

은은하면서도 정밀하게 짜인 조명이 울긋불긋한 단풍 사이를 비추는 모습은 마치 어두운 무대 위로 화려한 드레스를 입은 여자 주인공이 등장하는 것 같다. 관중들은 그녀의 황홀한 모습에서 눈을 떼지 못한다. 열차는 계속 앞을 향해 나아가고, 창밖의 풍경은 주마등처럼 사람들의 눈동자와 가슴에 깊은 잔영을 남기고 물러난다. 이 순간, 현실이 아닌 꿈속에 있는 것만 같다.

게이분샤
교토에서 가장 유명한 서점인 게이분샤는 교토여행 중 빠뜨려서는 안 되는 명소이다.

내가 천년의 고도古都 교토를 잊지 못하는 이유는 고대의 정취를 물씬 풍기는 건축물들 때문만은 아니다. 그곳은 도시 전체가 살아 있는 문화 박물관과 같다. 교토 도심의 골목 어디에서나 우아하면서도 개성 넘치는 상점들을 쉽게 만날 수 있다. 특히 오래된 목조건물을 활용한 카페나 하루 종일 옛날 음악이 흘러나오는 골동품점, 청년의 낭만이 서린 서점 등등, 이 모든 것들이 관광객들을 끌어모으는 교토만의 매력이다.

에이잔 전철은 교토에 얼마 남지 않은 노면전차 중 하나로, 최종 목적지는 히에이 산이다. 이 전차를 타면 여름에는 시원한 산속에서 피서를 즐길 수 있고, 가을이면 단풍을 구경할 수 있다. 에이잔 전철은 데마치야나기에서 출발한다. 교토 대학, 교토 조형예술대학 등 주변 대학의 교수와 학생들이 가장 많이 이용하는 교통수단이기도 해 묘한 학구적 분위기를 풍기기도 한다.

교토에서 가장 아름다운 서점, 게이분샤

가을의 오후, 나는 에이잔 전철을 타고 두세 정거장을 지나 이치죠지 역에 내렸다. 마치 학창시절로 돌아간 것 같은 기분이었다. 작은 역에는 승강장만 덩그러니 있었다. 옆을 보니 '게이분샤 이치죠지점'이라는 광고판이 보였다. 이 서점은 교토에서 가장 유명한 서점으로, 교토여행에서 빠뜨려서는 안 되는 명소이다.

에이잔 전철
에이잔 전철은 교토 대학, 교토 조형예술대학 등 주변 대학의 교수와 학생들이 가장 많이 이용하는 교통수단이기도 해 묘한 학구적 분위기를 풍긴다.

게이분샤는 교토의 오래된 서점이지만, 이치죠지점은 전통적인 경영 방식을 완전히 뒤집어 버렸다. 이 서점에 대해 정의를 내리자면 '서적 명품점'이라고 부르고 싶다. 이치죠지점은 신간이라고 해서 무조건 매대에 진열하지 않는다. 서점 직원이 엄선한 특별한 책만이 비로소 진열대에 오를 수 있다.

이 서점에서는 문학과 예술에 대한 깊은 사색에 빠져들게 된다. 사람들은 이 섬세하고 특이한 작은 서점을 오래도록 잊지 못한다. 게이분샤에서는 지금도 점원이 포장지로 책을 포장해 준다. 포장지는 색이 무난하고 도안이 간단한 것을 선택하는데, 그 이유는 책의 내용과 분위기를 포장지가 잠식해 버리지 않도록 하기 위해서이다. 재미있는 사실은, 계절마다 각종 행사기간이면 이치죠지점이 에이잔 전철의 초대를 받아 전철 안에서 책을 판매한다는 것이다. 판매 중에는 음악도 틀어놓는데, 전철에서 엄선된 책도 구경하고, 아름다운 음악도 들을 수 있으니 여행객들에게는 일석이조이다.

오래된 건물을 개조한 소박한 서점. 화려한 인테리어 하나 없이 오직 문화의 향기만으로 사람들을 끌어모으는 곳. 이것이 바로 교토라는 도시가 가지고 있는 가장 큰 매력이다.

게이분샤
이 서점에 대해 정의를 내리자면 '서적 명품점'이라고 부르고 싶다. 이곳에서는 서점 직원이 엄선한 특별한 책만이 비로소 진열대에 오를 수 있다.

꿈속의 숲을 여행하듯

에이잔 전철은 '등산'을 하는 열차이다. 그렇다고 해서 만약 아라시야마 관광전차와 비슷하다고 생각한다면 큰 오산이다. 아라시야마 관광전차는 산골짜기로 들어가 녹음이 우거진 숲을 보여 주거나 배를 타고 놀수 있는 협곡의 깊은 계곡으로 안내하는데, 노선의 대부분이 평지이다. 하지만 에이잔 전철은 평지를 조금 달리다가 바로 히에이 산을 오르기 시작한다. 승객들은 다양한 높이에서 산을 감상할 수 있다.

교토의 여름은 덥고 습하다. 하지만 녹음이 우거진 산은 평지보다 3~5도 가량 기온이 낮아 훨씬 시원하다. 여름이면 에이잔 전철은 '피서 열차'가 되어 더위에서 벗어나고자 하는 사람들을 이끌고 산골짜기의 식당으로 향한다. 그곳에서 사람들은 대나무 관에서 뽑아낸 시원한 냉면을 먹으며 가슴까지 시원해지는 것을 느낀다.

에이잔 전철의 좌석 배열 방식에는 두 가지 종류가 있다. 먼저, 일반 전철과 마찬가지로 긴 의자가 창문을 등지고 있어 맞은편 승객과 얼굴을 마주 보도록 되어 있는 노선이 있고, 다른 하나는 좌석이 오히려 창문과 마주하도록 배치된 것이 있다. 후자는 경치 보는 것을 주요 목적으로 하는 관광노선의 경우가 그렇다. 여름날 오후의 싱그러운 햇살이 초록색 나뭇잎들을 통과해 전차의 창문에서 반짝이며 부서지는 모습을 실컷 감상할 수 있도록 한 것이다.

가을이 되면 히에이 산은 붉은색과 노란색의 옷으로 갈아입는다. 물

에이잔 전철
에이잔 전철이 히에이 산으로 진입하는 모습이다. 가을이 되면 낮에는 단풍을 감상할 수 있고,
밤에는 조명을 이용한 황홀한 빛의 쇼를 볼 수 있다.

론 낮에도 산 전체를 가득 물들인 아름다운 단풍을 감상할 수 있지만, 히에이 산의 단풍놀이는 밤이 진짜다. 가을과 초겨울 사이, 에이잔 전철은 단풍 구경을 위한 야간열차를 운행한다. 해가 진 늦가을의 산은 제법 쌀쌀하다. 에이잔 전철은 천천히 산을 올라간다. 인적이 끊긴 산에는 칠흑같은 어둠이 내리고 창밖에는 아무것도 보이지 않는다. 그러다 어느 순간 전철 내부의 등이 모두 꺼지고 눈앞이 온통 암흑으로 변한다. 당황한 승객들이 자신도 모르게 짧은 신음 소리를 내뱉는다. 하지만 몇 분 후 이 신음 소리는 놀라움과 감탄의 환호로 변한다. 창밖으로 믿을 수 없을 만큼 환상적인 광경이 펼쳐지기 때문이다. 은은하면서도 정밀하게 짜인 조명이 울긋불긋한 단풍 사이를 비추는 모습은 마치 어두운 무대 위로 화려한 드레스를 입은 여자 주인공이 등장하는 것 같다. 관중들은 그녀의 황홀한 모습에서 눈을 떼지 못한다. 열차는 계속 앞을 향해 나아가고, 창밖의 풍경은 주마등처럼 사람들의 눈동자와 가슴에 깊은 잔영을 남기고 물러난다. 이 순간, 마치 현실이 아닌 꿈속에 있는 것 같다.

황홀경은 한참 동안 이어진다. 그러다 어느 순간 창밖은 다시 암흑으로 변하고 실내 전등도 다시 돌아온다. 모든 것이 원래대로다. 사람들은 무엇인가에 홀렸다 깨어난 것처럼 아직도 어안이 벙벙하다. 그것은 어쩌면 단풍의 야경이 만들어낸 한순간의 꿈이었을지도 모르겠다. 나는 일본인의 야경 연출 능력에 다시 한 번 감탄했다. 홋카이도의 하코다테 산을 여행했을 때가 떠올랐다. 이곳의 야경은 세계 3대 야경으로 불릴 만큼 아름다운데, 야경을 보기 위해 산에 오를 때는 차를 두고 가야 한다. 입구에서는 관리요원이 차량 통행을 통제한다. 차량 불빛에 야경을 보는 것이 방해가 되지 않도록 하기 위해서이다.

지구 방위군의 비밀기지

다카노가와 다리를 지나면 녹음이 우거진 넓은 공원이 나온다. 아이들이 뛰어놀기에는 더없이 좋은 장소로 공원을 지나 조용한 주변 지역을 조금 더 걷다 보면 마츠모토 레이지은하철도 999를 그린 만화작가 - 옮긴이의 만화 속에 등장하는 우주전함처럼 생긴 거대한 건물이 보인다. 이 특이한 건물은 국립교토 국제회관으로, 1997년 세계 각국의 대표가 모여 지구 온난화 극복을 위한 회의를 개최했던 곳이다. 그때 체결된 것이 바로 우리에게도 잘 알려진 '교토의정서'이다. 이런 의미에서, 어떤 사람들은 이 국제회관을 '지구 방위군의 비밀기지'라고 부르기도 한다.

교토 국제회관은 1966년 완공되었으며, 설계는 일본 건축디자이너 오오타니 유키오가 맡았다. 1960년대는 한창 과학 붐이 일던 시대였다. 사람들은 우주와 미래 과학기술에 대한 꿈에 부풀어 있었다. 이러한 기대에 부흥하기 위해 오오타니 유키오는 당시의 건축 과학기술을 이용해 철근 콘크리트 구조의 창의적 회관을 고안해냈는데, 마치 건물 전체가 우주를 항해하는 거대한 항공모함과 같은 모습이다. 이러한 설계 양식은 현대건축의 대가인 르 코르뷔지에의 이념을 그대로 계승했으며 기계

교토 국제회관
'교토의정서'가 체결되었던 교토 국제회관 내부는 우주선 선내와 같은 느낌을 준다. 전체적으로 파란색 조명을 사용함으로써 공상과학의 공간 이미지를 부각했다.

와 우주선에서 영감을 얻었다. 그래서 일본 건축가 단게 겐조처럼 오오타니 유키오의 건축 역시 콘크리트의 건물에 우주선의 외형이나 우주선을 연상시키는 공간이 표현되었다.

하지만 다른 각도에서 자세히 보면 교토 국제회관 건물의 기둥 구조 방식은 일본 고대 건축의 구조를 따르고 있음을 알 수 있다. 심지어 측면에서 보면 일본 무사의 투구 모양처럼 보인다. 어떤 이는 풍수지리의 관점에서 회관의 모형에 대해 설명하기도 한다. 그들의 주장에 따르면, 교토의 동북지역은 소위 '귀문鬼門, 귀신이 드나드는 문 – 옮긴이'이 있는 곳으로 교토 국제회관이 이 문을 봉인하는 중대한 역할을 하고 있다는 것이다. 회관 건물을 횡단면에서 보면 정삼각형과 역삼각형의 조합으로, 하나의 '육각별' 모양을 이룬다. 일본에서 별 모양은 예로부터 악을 제압하고 귀신을 쫓는 기능이 있다고 여겨 일본의 퇴마사들은 오각별의 도안을 이용하기도 했다. 그래서 교토 국제회관의 육각별 구조도 같은 맥락이라는 것이다.

건물 내부 역시 우주선에 들어온 것과 같은 느낌이 들게 한다. 아래의 정삼각형 부분은 국제회관의 전시나 회의 공간이고, 역삼각형의 윗부분은 행정 사무실 공간이다. 햇볕이 천창을 통해 실내로 들어오면서 파란색을 띠는 모습이 마치 별이 무수한 우주의 바다를 보는 것 같다.

나는 회관 건물 안에 있는 60년대 풍의 레스토랑에서 식사를 했다. 이곳의 음식은 양식이면서도 왠지 추억을 상기시키는 경양식 풍의 세트메뉴였다. 이 회관 건물이 처음 완공되었을 때는 매우 전위적이고 참신한 건물이었지만 지금은 반세기 전의 꿈을 보여 주는 지난 역사일 뿐인 것처럼.

교토 국제회관
회관 건물을 횡단면에서 보면 정삼각형과 역삼각형의 조합으로, 하나의 '육각별' 모형을 이룬다. 일본에서 별 모양은 예로부터 악을 제압하고 귀신을 쫓는 기능이 있다고 여겨져 왔다.

일생에 한 번은
꼭 가봐야 할
예 술 도 시

_마르세유의 건축과 노면전차 여행

country	프랑스
city	마르세유
travel	마르세유 트램
speed	35km/hr
place	마르세유 국립 지중해 문명 박물관, 프랑스 현대미술 지방재단, 마르세유 위니떼 다비따시옹, MAMO 아트센터
artist	자하 하디드, 노먼 포스터, 루디 리시오티, 쿠마 켄고, 쿠사마 야요이, 르 코르뷔지에, 오라 이토, 자비에 베이앙
emotion	낭만, 창의, 유동성, 밝음, 놀라움

관광객들에게 트램은 편리하면서도 낭만적인 교통수단이다. 언제든 거리를 지나가는 전차에 올라타 탁 트인 창밖의 경치를 감상하며 도시 곳곳을 누빌 수 있다. 답답한 지하철과는 비교도 되지 않을 만큼 즐거운 여정이다. 게다가 마르세유의 트램은 그 자체가 우아하고 세련된 느낌을 주며, 노선에는 푸른 잔디가 깔려 있어 여행의 운치를 더한다.

마르세유 트램
관광객들에게 트램은 편리하면서도 낭만적인 교통수단이다. 언제든 거리를 지나가는 전차에 올라타
탁 트인 창밖의 경치를 감상하며 도시 곳곳을 누빌 수 있다.

2013년, 프랑스 남부 도시 마르세유는 유럽 문화 수도European Capital of Culture, 유럽 연합 가맹국의 도시를 매년 선정하여 1년간에 걸쳐 집중적으로 각종 문화행사를 전개하는 사업 – 옮긴이로 선정되면서 많은 변화를 겪게 되었다. 특히 현대적이고 세련된 이미지로 탈바꿈하려는 움직임이 두드러졌다. 마르세유는 최근 몇 년 동안 국제적으로 명성이 높은 건축가들을 대거 초빙해 새로운 건축물들을 지었다. 여성 건축가 자하 하디드의 고층 사무실, 노먼 포스터의 항구 시설, 루디 리시오티의 박물관, 쿠마 켄고의 예술기금회 등 수많은 건축물이 새로 생겨났다. 이러한 변화에 대해 도시계획 관계자는 이렇게 말했다.

"건축을 통해 그 도시에 대한 대중의 인식을 바꾸는 작업은 매우 중요합니다. 왜냐하면 건축은 누구나 눈으로 확인할 수 있기 때문이지요."

마르세유의 새로운 랜드마크, 지중해 문명 박물관

2013년 6월에 개관한 마르세유 국립 지중해 문명 박물관 MuCEM은 마르세유 해변의 새 랜드마크로 전혀 손색이 없다. 프랑스 건축가 루디 리시오티가 디자인했는데, 가장 눈길을 끄는 부분은 특이한 외관이다. 마치 거대한 레이스 담요가 건물 전체를 뒤덮고 있는 것 같은데, 질감이 부드러울 것 같지만 가까이 다가가서 보면 놀랍게도 견고한 콘크리트로 이루어져 있다.

루디 리시오티의 아버지는 시멘트 기술자였다. 그래서 그는 어렸을 때부터 자연스럽게 시멘트나 콘크리트를 접할 기회가 많았다. 이러한 경험은 훗날 그가 콘크리트를 가장 잘 활용하는 건축가가 되는 데 좋은 밑거름이 되었다. 그의 콘크리트 건축기법은 안도 다다오의 중후하고, 안정적이며, 간결한 방식과는 큰 차이를 보인다. 그의 콘크리트에서는 낭만과 창의가 물씬 묻어난다. 그는 초강도 콘크리트인 덕탈Ductal을 연구해 얇고 납작하거나, 꽃 모양의 조형물처럼 화려한 벽면을 만드는 것이 가능하도록 했다. 햇살이 직물의 틈새 같은 콘크리트 벽면 구멍을 통과해 실내로 쏟아지면 화려한 빛의 문양이 만들어진다. 마치 이 아름다운 박물관이 사람들에게 바다와 파도, 해에 관한 이야기를 전해 주는 듯하다.

박물관을 둘러싸고 있는 지중해의 모습은 아이를 안고 있는 어머니를 닮았다. 그 옛날 지중해에서 찬란한 유럽 문화가 꽃피웠던 것처럼. 여행자들은 박물관 옆에서 파란 바다와 꽃 모양의 조각품 같은 콘크리트 벽을 바라본다. 구멍이 듬성듬성 뚫린 콘크리트 벽은 어떠한 위압감도 주지 않는다. 심지어 아이들은 이 벽을 암벽등반 하듯이 타고 오르며 장난을 친다.

미술관의 지붕에는 옆 언덕에 위치한 생 장 요새와 연결되는 다리가 놓여 있다. 바닷물을 가로질러 놓여 있는 이 다리의 길이는 약 825m 정도이다. 군더더기가 전혀 없는 심플한 디자인 때문에 다리 위를 걷다 보면 조금은 아찔한 느낌도 들지만, 또 그렇기 때문에 물 위를 걷는 쾌감도

마르세유 국립 지중해 문명 박물관
아이들은 레이스 담요 같은 콘크리트 벽을 타고 오르며 장난을 친다. 지붕에는 옆 언덕의 생 장 요새와
연결되는 다리가 놓여 있다.

배가 된다.

현재 지중해 문명 박물관은 마르세유에서 가장 유명한 곳이 되었다. 푸른 지중해와 오래된 항구의 정취로 많은 관광객을 끌어들였던 마르세유는 이제 세련되고 우아한 건물까지 더해지면서 한층 더 매력을 발산하게 되었다.

마르세유 트램과 쿠마 켄고의 작품

마르세유가 유럽 문화 수도로 선정된 것은 결코 우연이 아니다. 이미 몇 년 전부터 마르세유는 많은 준비를 해왔다. '움직이는 랜드마크'로 불리는 노면전차, 트램 시스템도 역시 그러한 노력의 일환이었다. 관광객들에게 트램은 편리하면서도 낭만적인 교통수단이다. 언제든 거리를 지나가는 전차에 올라타 탁 트인 창밖의 경치를 감상하며 도시 곳곳을 누빌 수 있다. 답답한 지하철과는 비교도 되지 않을 만큼 즐거운 여정이다. 게다가 마르세유 노면전차는 차체 자체가 우아하고 세련된 느낌을 주며, 노선에는 푸른 잔디가 깔려 있어 여행의 운치를 더한다.

우리는 트램을 타고 도시 곳곳을 둘러보았다. 마르세유는 도시 전체가 새로운 모습으로 탈바꿈하고 있었다. 그중에는 쿠사마 야요이를 비롯한 여러 예술가들의 공공 예술작품도 눈에 띄었다. 이것은 마르세유가 도시 전체에 예술적인 분위기를 더하기 위해 '아트 힛 더 스팟Art Hit the

마르세유 트램
마르세유 트램은 그 자체가 우아하고 세련된 느낌을 줄 뿐 아니라 노선에 푸른 잔디가 깔려 있어 여행의 운치를 더한다.

Spot'이라는 도시정비 프로젝트를 진행하고 있었기 때문에 가능한 일이었다. 공공 예술작품뿐 아니라 다양한 전시장도 마련하고 있었는데, 기존의 건물을 개조한 후 다시 개장하거나 새 건물을 신축했다. 해변에 위치한 J1 전시관은 격납고를 개조해 만들었다. 원형을 최대한 살려 옛 건물의 정취를 고스란히 느낄 수 있도록 했으며, 넓은 실내공간을 활용해 다양한 예술 활동이 가능하도록 했다.

우리의 최종 종착지는 일본 건축가 쿠마 켄고가 설계한 프랑스 현대미술 지방재단 프락FRAC 건물 앞이었다. 2013년 처음 문을 연 이곳은 주상복합 빌딩으로 현대미술을 소개하는 전시장과 주거시설이 함께 들어서 있었다. 벽면 전체를 1천여 장의 직사각형 유리 패널이 뒤덮고 있어 멀리서도 반짝반짝 빛이 났다. 굴절도와 투명도가 제각각인 얇고 가벼운 유리판들이 바닷바람이 불어오면 종잇조각처럼 팔랑거리며 나부낄 것 같았다.

쿠마 켄고는 일본 건축의 본질을 깊이 있게 연구해 왔다. 그의 이전 작품에서는 일본 전통건축의 정신이 두드러진다. 특히 건축 입면에 사용한 격자는 일본 전통가옥의 요소에서 비롯된 것으로, 건물 입면에 대한 새로운 개념을 창조했다. 최근 그는 프랑스의 마르세유에서 또 다른 디자인을 통해 지중해 해안의 느낌을 표현해냈다. 프락 건물은 마치 거리의 행인들에게 안에 들어와 감상하고 가라며 손을 흔들고 있는 것만 같다.

우리는 프락 내부의 작품들을 모두 감상한 후 카페 발코니에 앉아 뺨을 스치고 지나가는 바닷바람을 느꼈다. 자유분방한 예술혼이 도시 전

프랑스 현대미술 지방재단
일본 건축가 쿠마 켄고가 설계한 프락 건물은 벽면 전체를 1천여 장의 직사각형 유리 패널이 뒤덮고 있다. 가벼운 유리판들이 바닷바람이 불어오면 종잇조각처럼 팔랑거리며 나부낄 것 같다.

체에 흐르고 있었다. 이 미술관에서만큼은 모든 스트레스를 잊어버릴 수 있었다. 쿠마 켄고의 고뇌와 노력 덕분에 프락 건물은 이 도시에 완전히 융화되었고, 예술작품과 사람들의 관계는 더욱 친밀해졌다.

지붕 위의 건축 대가 르 코르뷔지에

마르세유에는 유명한 건축물이 많다. 하지만 그중에서도 으뜸은 단연 건축계의 대가 르 코르뷔지에가 설계한 마르세유 공동주거 단지, 마르세유 위니떼 다비따시옹일 것이다. 위니떼 다비따시옹은 현대식 아파트의 원조라고 할 수 있다. 과거 사람들은 이렇게 대규모의 집단 거주 주택에 살아본 경험이 없었다. 르 코르뷔지에는 수도원과 인민공사의 생활양식에서 영감을 얻어 위니떼 다비따시옹을 탄생시켰다. 이 집단 거주 건물은 일종의 '수직 촌락'으로 주민들은 건물 밖으로 나가지 않고도 일상생활에 필요한 것들을 대부분 충당할 수 있다.

이 공동주거 단지 안에는 거주 공간뿐 아니라 건물 중앙에 상점가, 채소시장이 있고 옥상에는 어린이집, 극장, 수영장, 체육관 등이 있어 건물 밖으로 나가지 않더라도 보육, 운동, 여가 및 쇼핑 등의 모든 서비스를 누릴 수 있다. 그야말로 '수직 도시'의 축소판이라고 할 수 있겠다.

일본 건축가 안도 다다오에게도 르 코르뷔지에는 선망의 대상이었다. 그는 청년 시절 르 코르뷔지에의 건축물들을 보기 위해 프랑스 전역을

마르세유 위니떼 다비따시옹
건축의 대가 르 코르뷔지에가 설계한 이 집단 거주 건물은 일종의 '수직 촌락'으로, 주민들은 건물 밖으로 나가지 않고도 일상생활에 필요한 것들을 대부분 충당할 수 있다.

여행했다. 아마 그가 가장 마지막으로 본 건축물이 마르세유 위니떼 다비따시옹이었을 것이다. 왜냐면 훗날 그가 마르세유에서 배를 타고 일본으로 돌아갔다는 기록이 있기 때문이다.

위니떼 다비따시옹은 건축가라면 누구나 일생에 한 번은 가봐야 하는 일종의 성지 같은 곳이다. 위니떼 다비따시옹을 보기 위해 매일 세계 각지에서 건축가나 건축을 공부하는 학생들이 마르세유를 찾는다. 이 공동주택에는 아직도 주민들이 살고 있지만 르 코르뷔지에의 열성팬들을 위해 기본적으로 로비를 개방해 놓고 있다. 심지어 일부 주민들은 자신의 집을 관광객들에게 공개하고 관람비를 받기도 한다.

위니떼 다비따시옹의 옥상 테라스는 프랑스 문화국에 의해 역사 건축물로 지정되었지만 수리 비용의 문제로 낡고 파손되는 부분이 생기기 시작했다. 배를 이중으로 엎어놓은 것과 같은 모양의 체육관이 팔릴 것이라는 소식이 전해지자 마르세유 출신의 디자이너 오라 이토ㅡ이토 모라비토 Ito Morabito가 본명임. 오라 이토는 그가 만든 브랜드의 이름이지만 사람들에게는 오라 이토로 더 많이 알려져 있음 – 옮긴이가 이곳을 개조해 MAMO 아트센터를 만들었다. 이곳에는 전시공간 외에도 카페와 작은 상점도 있다. 전시공간에 가장 처음 놓인 작품은 프랑스 조각가 자비에 베이앙의 '건축가 시리즈'의 하나인 '모빌 : 르 코르뷔지에Mobile : Le Corbusier'였다.

르 코르뷔지에의 상반신을 본뜬 이 조형물은 둥근 테의 안경을 쓴 그가 펜을 들어 종이 위에 설계도를 그리고 있는 모습을 형상화했다. 실내에는 르 코르뷔지에의 전신동상이 전시되었다. 르 코르뷔지에의 열렬한 팬들에게는 위니떼 다비따시옹뿐 아니라 그의 동상까지 볼 수 있으니 그야말로 평생의 숙원을 푼 기분일 것이다.

나는 옆에 서서 가만히 조형물을 만져 보았다. 위니떼 다비따시옹을 설계할 때 그가 얼마나 고심하고 집중했는지가 손끝을 통해 전해졌다.

MAMO 아트센터
마르세유 출신의 디자이너 오라 이토가 위니떼 다비따시옹의 옥상 테라스에 있는 체육관 건물을 개조
해 아트센터를 만들었다. 전시공간에는 르 코르뷔지에의 상반신을 본뜬 조형물이 있다.

| PART 5. | # 여객선과
바다여행

항해는 낭만적이지만 고독한 여행 방법이다.
현대인들은 때로 고독을 원한다.
아무도 없는 조용한 곳에서 자신의 내면과
마주할 시간과 공간을 필요로 한다.

20 — 30km/hr

고독한
항 해

항해는 혼란스러움을 가라앉히고

마음을 안정시킨다.

그래서 현대인들에게는 한 번쯤

시도해 볼만한 가치가 있는

여행 방법이라고 생각한다.

"나와 나 자신의 거리가 이토록 먼 줄은 예전에 미처 몰랐다. 하지만 나는 여기 이렇게 분명히 존재한다."

_ 만화 〈원피스〉 중에서

내가 항해에 대해 가지고 있는 인상은 결코 〈원피스〉를 보고 생긴 것은 아니다. (나는 이 애니메이션 세대도 아니다.) 대부분은 아버지가 어릴 때 들려주셨던 이야기에 근거한다. 아버지는 어릴 때 일본 교토에서 중학교를 다니셨다. 그 나이 때 고향을 떠나 홀로 타향살이를 한다는 것은 아마 영원한 이별처럼 느껴졌을 것이다. 실제로도, 아버지는 그렇게 타이완을 떠난 후 거의 20년이 지나서야 다시 고국의 땅을 밟을 수 있었다.

그 당시 타이완에서 일본으로 가기 위해서는 지룽타이완 북부에 있는 항구도시에서 배를 타고 며칠을 북쪽으로 항해해 기타큐슈의 모지항을 경유한 후 고베항에서 내려 기차를 타고 교토까지 가야 했다.

아버지는 종종 나에게 모지항의 추억에 대해 언급하곤 하셨다. 그해 겨울 아버지는 일본으로 유학을 가기 위해 여객선을 타고 바다를 건너고 있었는데, 오랜 항해와 차가운 바람에 모두가 지쳐갈 즈음 잠깐 모지항에 들러 승객들에게 쉬는 시간을 주었다고 한다. 사람들은 모두 배에서 내려 기지개를 켜며 깊은 숨을 들이켰고, 아버지는 근처에 있는 음식점에 들어가 미소탕을 드셨는데 평생 먹어 본 미소탕 중 제일 맛있었다고 했다. 아버지는 말년에도 가끔 그때 먹었던 미소탕에 대해 말씀하곤 하셨다.

훗날 나는 몇 번 모지항을 여행하며 아버지께서 말씀하신 '세상에서 가장 맛있는 미소탕' 식당을 찾아보았지만 애석하게도 찾지 못했다. 그날의 미소탕이 맛있었던 이유는 그 식당의 음식이 특별히 맛있었기 때문이 아니라 외롭고 지친 아버지의 마음에 미소탕 한 그릇이 고향과 같은 따뜻함을 주었기 때문이 아니었을까?

아버지의 항해는 여기에서 끝나지 않았다. 2차 세계대전이 끝난 후 미국으로 건너가 계속 공부를 했기 때문이다. 이번에는 더 먼 곳이었다. 항해 시간도 훨씬 길었다. 하지만 곁에는 말 한마디 함께할 사람조차 없었다. 배 안에 화교 승객이 한 명 있기는 했지만 아버지는 타이완 말타이완 사투리는 중국 본토 언어와 상당히 다름 – 옮긴이과 일어밖에 할 줄 몰랐기 때문에 소통이 원활하지 않았다. 정말 뼛속까지 고독한 여행이었으리라. 나도 충분히 그때의 아버지 기분을 이해할 수 있을 것 같다. 아마 지금 아버지의 고집스럽고, 남들과 잘 어울리지 못하는 괴팍한 성격(주위 모든 사람들의 공통된 의견이다.)은 그때의 영향 때문이 아닐까 짐작해 본다. 그래서인지 아버지는 말년에 가족의 화목을 그 무엇보다 중요하게 생각하셨다.

9월의 어느 날, 아버지가 탄 배는 드디어 샌프란시스코에 도착했다. 배가 골든게이트교Golden Gate Bridge를 지날 때 아버지는 두려우면서도 설

레었다고 하셨다. 외로운 여정이 끝났기 때문이기도 했겠지만, 모든 사람들이 동경하는 신대륙에 발을 디딘다는 것 자체가 혈기 왕성한 청년에게는 잊을 수 없는 순간이었으리라.

돌이켜 보면, 사실 아버지의 개척정신이나 모험정신은 나보다 훨씬 뛰어났다. 나는 여행을 하기 전에 미리 꼼꼼하게 계획을 세우는 편이다. 아버지처럼 나의 미래를 여행에 온전히 맡기는 것은 상상도 해본 적이 없었다. 내가 하는 여행은 단지 아버지의 경험을 답습하는 것에 불과하다. 그것도 아주 일부뿐이지만 말이다.

재미있는 사실은, 내가 해군 출신이라는 것이다. (내가 지원한 것이 아니었다. 아마 운명이었거나 하느님이 미리 정해 놓으신 것 같다.) 당시 내가 두 번 뽑기를 했는데, 두 번 다 '해군'으로 나왔기 때문에 어쩔 수 없었다. 나처럼 '해군'을 뽑은 사람들의 뇌리에는 두 가지 생각이 스쳐 지나간다. 비관적인 사람들은 '이제 낡아빠진 군함을 타고 타이완 해협 파도에 시달리며 매일 멀미나 하고 있게 생겼군.'이라고 생각하고, 낙관적인 사람들은 '세계 각지를 돌아다니며 화교들을 위로하고, 돌아올 때는 기념품도 사와서 친구들에게 나눠 줘야겠구나.'라며 한껏 꿈에 부푼다.

아쉬운 것은, 두 가지 예상 모두 나에게는 적용되지 않았다는 점이다. 나는 건축학을 전공했기 때문에 군대의 각종 건설 프로젝트의 설계와 감독을 맡아야 했다. 해군도 건물을 짓는다는 사실을 그때 어찌 알았으랴. 남아프리카 등의 해외로 파견되는 해군은 극소수에 불과했고 대부분의 해군은 타이완 주변 바다만 빙빙 돌다가 제대했다.

나는 해군에 복무하는 동안 딱 두 번 배에 올라봤다. 한 번은 처음 입대해서 훈련을 받기 위해 보트를 탔을 때였고, 다른 한 번은 휴가 때 혼자 놀러가서 여객선을 탔을 때였다. 배를 탈 기회는 많지 않았지만 항구에서 군함은 실컷 봤다. 낡고 오래된 양즈호 구축함은 매일 망치로 두들기고, 땜질하고, 다시 페인트를 칠하는 통에 선체 이곳저곳이 울퉁불퉁했다. 이렇게 낡은 군함에 각종 신식 무기를 있는 대로 긁어모아 장착하곤 했다. 지금 생각해 보면 그렇게 열악한 환경 속에서 조국의 바다를 굳건히 지켜냈다는 것이 존경스러울 따름이다.

나는 비록 바다로 나가 나라를 지키지는 않았지만 나라를 위해 해군 군항시설과 건축물을 설계하고 개축 및 보수하는 일을 맡아서 처리했다. 그때 내가 했던 설계 중 가장 마음에 드는 부분은 해군 식당을 재건축하면서 주방 입구 근처에 비밀스러운 공간을 하나 더 추가한 것이다. 이 공간은 취사병들이 상관의 불시 방문에도 들키지 않고 잠깐이나마 쪽잠을 자거나 포커를 치는 등 마음 편히 휴식을 취할 수 있도록 하기 위해 만든 것이었다. 물론 취사병들의 반응은 뜨거웠다.

이후 나는 여러 번 세토 내해를 방문할 기회가 있었다. 동양의 지중해로 불리는 이 바다에는 약 600여 개의 섬이 옹기종기 모여 있기 때문에 여행을 하기 위해서는 여객선을 타고 섬과 섬 사이를 계속 옮겨 다녀야 했다. 나는 이런 여행 방식이 꽤 낭만적이라고 생각했다. 섬마다 각기 다른 건축가와 예술가가 남긴 작품들이 나를 기다리고 있었기 때문이다. 하지만 막상 망망대해를 보자 예전에 아버지가 느꼈을 외로움이 어떤 것이었을지 조금은 짐작이 되었다. 항해에는 젊은이의 예기銳氣와 욕망을 가라앉히는 힘이 있었던 것이다.

항해는 낭만적이지만 고독한 여행 방법이다. 현대인들은 때로 고독을 원한다. 아무도 없는 조용한 곳에서 자신의 내면과 마주할 시간과 공간을 필요로 한다. 항해는 혼란스러움을 가라앉히고 마음을 안정시킨다. 그래서 현대인들에게는 한 번쯤 시도해 볼만한 가치가 있는 여행 방법이라고 생각한다.

자유로운
영혼의
여행

_ 세토 내해의 섬여행

country	일본
city	세토 내해
travel	여객선
speed	30km/hr
place	나오시마 현대미술관, 지추 미술관, 이우환 미술관, I · LOVE · 湯, 데시마 미술관, 세이렌쇼
artist	무라카미 하루키, 안도 다다오, 이우환, 오오다케 신로우, graf 설계회사, 니시자와 류에, 야나기 유키노리, 미시마 유키오, 산부이치 히로시, 크리스티앙 볼탕스키, 무라카미 다카시
emotion	안식, 평온, 강인함, 묵직함, 신기함

예술제 행사를 계기로 세토 내해 일대의 섬들이 시끌벅적했다. 주로 나오시마, 데시마, 메기지마, 오기지마, 쇼도시마, 오시마, 이누지마 일곱 개의 섬을 중심으로 진행된 이 행사는 예술가들의 작품을 각 섬에 분산 배치하고 관광객들이 배를 타고 섬을 이동하면서 작품들을 감상할 수 있도록 마련되었다. 정적인 일정이 아닌 모험으로 가득한 여행이었다.

세토 내해
나오시마, 데시마, 메기지마, 오기지마, 쇼도시마, 오시마, 이누지마 일곱 개의 섬을 배를 타고 이동하면
서 작품들을 감상할 수 있다.

무라카미 하루키의 소설 『해변의 카프카』에는 한 소년이 도쿄를 떠나 야간열차를 타고 세토 내해 근처에 위치한 다카마쓰 시로 가는 장면이 묘사되어 있다. 그는 이곳에서 도서관과 카페를 오가는데, 카페에서는 매일 고전음악을 틀어 준다. 덕분에 소년은 예전에는 한 번도 들어본 적이 없었던 베토벤과 모차르트의 음악에 심취한다. 이후 어떤 이유로 인해 소년은 세토 내해의 한 작은 섬에 도착해 이곳에서 마쯔다 RX-8 스포츠카를 타고 숲과 협곡을 달려 아무도 살지 않는 황량한 해변으로 향한다. 이곳에서 소년은 홀로 한때를 보낸다. 오직 세토 내해의 파도와 석양만이 그와 함께 한다. 이곳은 주인공 소년이 내면의 자아와 대화를 하는 비밀 장소가 된다.

나는 안도 다다오의 건축을 보기 위해 세토 내해의 섬 중 하나인 나오시마를 찾았다. 그곳에는 안도 다다오가 설계한 나오시마 현대미술관과 지추 미술관이 있다. 아름다운 섬 풍경과 그 자체로도 하나의 예술품인 두 개의 미술관, 그리고 그 안에 전시된 수많은 작품들이 파도 소리와 바닷바람에 한데 어우러진다. 이곳에서 여행객들은 생각지도 못했던 마음의 안정과 행복을 경험하고 돌아간다. 그래서 지치고 상처받은 사람들의 '도피처'이자 치유의 섬인 셈이다.

최근 몇 년 사이 세토우치 국제예술제 행사를 계기로 세토 내해 일대의 섬들이 시끌벅적했다. 주로 나오시마, 데시마, 메기지마, 오기지마, 쇼도시마, 오시마, 이누지마 일곱 개의 섬을 중심으로 진행된 이 행사는 예술가들의 작품을 각 섬에 분산 배치하고 관광객들이 배를 타고 섬을

세토 내해
석양이 지는 세토 내해의 낭만에 푹 빠져 보자. 예술과 자연이 어우러진 이곳에서 마음이 평화로워지는 것을 느낄 수 있다.

이동하면서 작품들을 감상할 수 있도록 마련되었다. 아름다운 자연을 즐길 수도 있고, 배를 타고 다른 섬으로 이동하는 동안 다음 작품에 대해 기대하는 재미도 쏠쏠하다. 이 기간 동안은 정적인 일정이 아닌 모험이 가득한 여행을 즐길 수 있다.

안도 다다오에게 도전장을 내민 예술가

'예술의 낙원'이라고 불리는 나오시마는 최근 예술제 기간 동안 새로운 건축과 예술작품들을 더 선보였는데, 안도 다다오가 설계한 이우환 미술관 역시 그중 하나이다. 이로써 나오시마 내의 미술관은 총 세 개로 늘어나 나오시마는 안도 다다오의 건축이 가장 밀집한 지역이 되었다.

한국 예술가 이우환은 현재 국제 예술계에서 큰 주목을 받고 있는 현대미술가이다. 그의 지명도는 나라 요시토모, 무라카미 다카시와 어깨를 나란히 하고 있지만, 경매시장에서의 낙찰가는 일본의 두 예술가를 앞지른다.

이우환의 작품들은 아주 간결하다. 어쩌면 그렇기에 현대인들에게 사랑받는 것인지 모른다. 복잡한 환경에서 각종 번뇌와 고민에 시달리고 있는 현대인들에게 이우환의 간결함은 마음의 안정을 주기 때문이다. 안도 다다오의 건축이 그러하듯 말이다. 현대인들에게 이우환과 안도 다다오의 작품은 거센 비바람을 피하는 일종의 대피 항과 같은 곳이다.

이우환 미술관
안도 다다오의 노출 콘크리트 건축에 이우환의 추상적인 예술작품들이 전시된 '이우환 미술관' 앞뜰의
중앙에는 거대한 돌이 있다. 이 돌은 수평선의 건축 공간과 어우러지며 이우환의 작품을 더욱 단순하면
서도 깊이 있어 보이도록 한다.

그렇기 때문에, 안도 다다오와 이우환의 결합은 세간의 이목을 집중시키는 사건일 수밖에 없었다. 이우환 미술관은 안도 다다오의 건축 중 최초의 개인 작품 소장 미술관이다. 그의 기존 건축들과 마찬가지로 노출 콘크리트를 이용한 간결하면서도 따뜻한 느낌의 벽을 이용해 관람자들을 자연스럽게 작품의 공간으로 안내한다.

이우환의 작품 특색을 한마디로 요약한다면 '단순함'이다. 그는 안도 다다오의 건축이 대부분 수평의 선을 이용한 것을 보고 하늘 높이 치솟은 직각의 조형물을 만들어 미술관 앞 광장에 배치함으로써 미술관의 전체적 느낌을 조화롭도록 했다. 이렇게 안도 다다오의 설계에 '감히' 도전장을 내민 사람은 역사상 이우환이 처음이다!

이우환 미술관을 비롯해 나오시마 현대미술관, 지추 미술관은 모두 베네세 그룹의 소유이다. 베네세 그룹이 거금을 투자해 나오시마를 '예술의 섬'으로 탈바꿈시킨 것은 존경스럽게도, 부동산 투기 등의 상업적 목적 때문이 아니라 그저 순수하게 예술적 이상을 이루기 위한 것이었다.

단 한 가지 아쉬운 점은 미술관을 운영함에 있어 지나치게 엄격하다는 사실이다. 너무 높은 시멘트 담과 대화를 금지하는 '침묵의 방', 자아 반성을 강제하는 듯한 '명상의 방'이 사뭇 답답한 인상을 주었다. 게다가 교도관처럼 어두운 톤의 유니폼을 입은 미술관 직원은 관람객이 사진을 찍거나 작품을 만지는지 수시로 감시했다. 게다가 만년필이나 사인펜도 사용하지 못하게 했다. (그렇다면 연필만 쓸 수 있단 말인가? 물론 이것은 그 미술관의 관례이다.) 이런 엄격함은 미술관 전체가 마치 감옥 같다는 느낌을 주었다.

　그럼에도 불구하고 건축적인 입장에서 볼 때 이우환 미술관은 심플하면서도 심오했다. 뜰 중앙에 놓인 거대한 돌은 묵직하면서도 강건한 느낌을 준다. 많은 사람들이 이 돌을 보면 다시 힘이 솟는 것 같다고 말한다. 이것이 바로 현대인들이 그의 작품을 좋아하는 이유일 것이다.

오오다케 신로우의 공중목욕탕

　세토우치 국제예술제의 개최지역으로 선정된 일곱 개의 섬이 처음부터 예술작품이 가득했던 것은 아니었다. 어떤 섬은 구리 공장과 그곳에서 나오는 폐기물 오염으로 인해 '버려진 섬'으로 불렸고, 어떤 섬은 각종 산업폐기물을 처리하는 쓰레기 매립지였으며, 어떤 섬은 나병환자를 격리하는 곳이었다. 하지만 지금은 대대적인 프로젝트를 통해 새로운 모습으로 탈바꿈하면서 세계 각지의 관광객들을 끌어모으고 있다. 이 프로젝트의 중심에는 베네세 그룹과 예술가들이 있었다.

　나오시마는 섬 주민이 육지로 떠나고 남겨진 빈집과 신사 등의 공간을 개조해 예술작품으로 재창조하는 '이에 프로젝트家 Progect'를 진행했다. 안도 다다오를 비롯해 많은 작가들이 참여한 이 프로젝트는 집 한 채가 한 작가의 갤러리 역할을 했다. 일본의 옛 정취가 느껴지는 건물에 실험적인 현대미술작품이 전시되는 신개념의 '갤러리 촌'이 탄생한 것이다.

오오다케 신로우 역시 프로젝트에 참여한 예술가 중 한 명이다. 이곳 나오시마에 오오다케 신로우의 작품인 하이샤가 있다. 옛날 치과 건물을 활용한 것인데 오래된 간판과 폐기물을 사용했으며, 심지어 버려진 보트로 외벽을 장식하는 등 색다른 재미를 제공한다. 그의 작품은 세토 내해의 여러 작품 중 가장 친근감이 있고 서민적이다. 우리는 그의 건축 방식을 '로우텍 아키텍쳐Low-tech Architecture'라고 부르는데, 기존에 있던 물건이나 버려진 것들을 활용해 완전히 다른 개념의 건물을 탄생시키는 것이 바로 오오다케 신로우 작품의 특징이다.

미야노우라 항구에는 오오다케 신로우가 설계한 공중목욕탕 I·LOVE·湯I love you라는 뜻임 – 옮긴이이 있다. 원래 베네세 그룹의 후쿠다케 회장이 소유한 건물이었으나 사회에 기증한 후에 오오다케 신로우와 graf 설계회사를 초빙해 개축하도록 한 것이다. 리모델링을 통해 지금은 주민들이 이용하는 공중목욕탕이 되었으며, 현재 주민위원회에서 관리하고 있다. 일종의 베네세 그룹의 사회 환원인 셈이다.

오오다케 신로우는 I·LOVE·湯 건물에 이국적 분위기의 각종 장식품과 보트, 심지어 녹색의 식물들을 심어 재미있으면서도 멋스러운 공중목욕탕을 탄생시켰다. 거대한 코끼리 모형이 마치 나체로 목욕하는 사람들을 감시하듯 남탕과 여탕 사이의 벽 위에서 보란 듯이 자리 잡고 앉아 있는 모습이 익살스럽다. I·LOVE·湯은 지역 주민들의 교류 장소일 뿐 아니라 나오시마를 찾은 관광객이라면 반드시 들러야 할 명소가 되었다.

I · LOVE · 湯
오오다케 신로우는 I · LOVE · 湯 건물에 이국적 분위기의 각종 장식품과 보트, 심지어 녹색의 식물들
을 심어 재미있으면서도 멋스러운 공중목욕탕을 탄생시켰다. 나오시마를 찾은 관광객이라면 반드시 들
러야 할 명소이다.

기업의 사회 환원 방식은 다양하다. 미술관을 지을 수도 있고, 각종 행사를 진행할 수도 있다. 하지만 나오시마 주민들에게 어쩌면 I · LOVE · 湯 목욕탕은 그 어떤 미술관보다 더 실질적이고 의미 있는 선물이 아닐까.

데시마의 물방울 미술관

21세기에 들어서면서 미술관의 개념에 혁신적인 변화가 생겼다. 기존 미술관은 단순히 예술품을 소장하고 진열하는 공간으로만 인식되어 왔다. 하지만 21세기의 미술관은 전통적인 개념을 완전히 뒤집어 버렸다. 이제는 공간 제공의 역할뿐 아니라 미술관 자체가 예술적인 기능을 하기도 하며, 어떤 미술관은 단 하나의 특별한 작품을 위해 존재하기도 한다.

데시마 미술관이 바로 이러한 21세기 미술관의 특성을 잘 보여 주는 예이다. 황량하고 외딴 섬에 위치한 이 미술관은 놀랍게도 단 하나의 작품도 전시하지 않는다. 하지만 관람을 마친 사람들은 하나같이 평생 잊지 못할 감동을 받았다고 말한다.

데시마 미술관은 건축가 니시자와 류에가 디자인했다. 비록 미술관 내부에는 아무것도 전시되어 있지 않지만, 데시마 미술관은 그 자체가 하나의 예술작품이다. 세토 내해 데시마 섬의 산자락에 위치한 이 미술관은 물방울을 형상화했다. 순백색의 커다란 원형 물체가 산기슭에 자

데시마 미술관
니시자와 류에가 설계한 이 미술관은 물방울을 형상화했다. 건물 위쪽으로 원형의 구멍이 나 있는데,
이 구멍을 통해 빛, 심지어 빗물까지도 고스란히 미술관 내부로 들어온다.

리한 모습이 마치 미확인 비행물체가 시골 바닷가 마을에 불시착한 것 같은 느낌을 준다. 활 모양의 외관은 우리가 보통 알고 있는 사각형의 흰색 미술관 건물에 대한 고정관념을 깨뜨린다. 건물 위쪽으로 원형의 구멍이 나 있는데, 이 구멍을 통해 빛, 심지어 빗물까지도 고스란히 미술관 내부로 들어온다.

우리는 표시된 동선을 따라 구불구불한 길을 지나 드디어 백색의 미술관과 마주했다. 마치 산속의 요정이 살고 있는 집처럼 현실의 공간이 아닌 것 같았다. 입구에서 직원이 신발을 벗고 들어가야 한다고 알려 주었다. 흰색의 유니폼을 입은 직원이 UFO의 기술자처럼 보였다. 신발까지 벗고 들어가야 하다니, 어떤 오염도 용납하지 않을 만큼 그토록 이곳이 성스럽단 말인가!

식도처럼 생긴 복도를 지나 미술관 내부로 들어갔다. 순백의 공간과 정적에 숙연함이 느껴졌다. 미술관 전체가 하나의 우주 같았다. 솜털 같은 눈송이가 천장의 구멍을 통해 천천히 바닥에 떨어졌다. 뒤이어 햇볕이 구멍을 통해 비스듬히 들어오면서 바닥에 음영을 만들었다. 그때야 나는 바닥에서 물방울들이 움직이는 것을 보았다. 마치 생명체처럼 바닥을 흘러 이동하기도 하고, 서로 합해지기도 했으며, 긴 선 모양을 만들기도 했다. 그 모습이 마치 공상과학 영화에 등장하는 액체금속 같았다.

자세히 보니 그 물방울들은 하늘에서 내린 빗물이 아니었다. 바닥에서 몽글몽글 물방울들이 올라오고 있었다. 이렇게 맺힌 물방울들은 바닥에서 서로 뭉치거나 흩어지며 여러 가지 모양을 만들다가 이내 다른 구멍

데시마 미술관
백색의 커다란 원형 물체가 산기슭에 자리한 모습이 마치 미확인 비행물체가 시골 바닷가 마을에 불시
착한 것 같은 느낌을 준다.

으로 빨려 들어가 버렸다. 알고 보니 이 물방울은 정밀하게 설계된 예술 작품 중 하나였다. 부속 건물인 카페도 물방울 모양으로 지어져 있었다. 미술관이 큰 물방울이라면 카페는 작은 물방울처럼 보였다. 우리는 카페에 들어가 원형의 긴 의자 중 적당한 곳을 찾아 자리에 앉았다. 그때까지도 조금 전 미술관에서 본 영롱한 물방울이 눈앞에서 아른거렸다.

미술관의 공간혁신은 일반인들이 이해하기 힘들 정도로 진화해 버렸다. 하지만 데시마 미술관에서는 굳이 이해하려고 애쓸 필요가 없다. 그냥 심장이 느끼는 대로 놔두면 된다. 이것이 바로 니시자와 류에가 전하고자 했던 메시지이며, 우리가 미술관에서 얻을 수 있었던 최고의 수확이다.

버려진 섬의 대변신

일본에는 예전에는 버려졌으나 지금은 유명해진 대표적인 섬이 두 군데 있다. 하나는 나가사키 외해의 군칸지마이고, 다른 한 곳은 세토 내해에 위치한 이누지마이다. 두 섬 모두 예전에는 채굴 산업으로 번성했던 곳이다.

군칸지마군함섬이라는 뜻임 - 옮긴이의 원래 이름은 하시마인데 섬 주위를 10m나 되는 높은 방파제가 에워싸고 있는 외관이 마치 군함처럼 보인다고 해서 이런 별명이 붙었다. 이 섬은 1890년대에 해저 탄광 채굴 기지가 되면서 한때 인구가 5천 명에 달할 정도로 번성했다. 섬 안에는 철근 콘크리트로 지어진 아파트와 학교, 병원 등의 시설이 빼곡하게 들어섰다. 하지만 1970년에 들어서면서 석탄이 고갈되자 주민들이 모두 섬을 떠나 버렸다. 섬이 폐허로 변하자 관련 당국은 결국 섬을 봉쇄하고 일반인의 접근을 금지시켰다. 그러던 것이 최근에야 관광객에게 개방되었다.

이누지마는 채석장이 있던 곳으로, 당시 오사카 성의 건축 석재 대부분이 이누지마에서 채굴된 것이었다. 20세기로 들어서면서 이누지마에는 구리 제련소가 들어서기 시작했다. 한때 이 작은 섬의 인구가 5~6천 명에 이를 정도로 번성했지만 이후 경제가 불황의 늪에 빠지면서 주민들도 하나둘 섬을 떠나가기 시작했다. 결국 거대한 제련소는 폐허로 변했고, 주민 수도 몇십 명밖에 남지 않게 되었다. 하지만 최근 베네세 그룹이 인수하면서 이누지마는 완전히 다른 모습으로 변하기 시작했다. 베네세 그룹은 건축가 산부이치 히로시를 초빙해 미술관의 디자인을 맡겼는데, 이렇게 탄생한 미술관이 바로 '세이렌쇼 제련소라는 뜻임 - 옮긴이' 이다.

산부이치 히로시는 세이렌쇼 미술관을 설계하면서 공장을 다른 모습으로 개조하기보다는 폐허였던 원래 느낌을 최대한 그대로 살리고, 그 위에 창의적인 요소들을 추가했다. 굴뚝과 검은색 벽돌로 이루어진 벽 모두 예전 폐허의 모습을 그대로 간직하고 있어 근대 역사의 숨결이 묻어난다. 실제로 이누지마 제련소 터는 일본 경제산업성으로부터 '근대화 산업 유산'으로 인정을 받은 곳이기도 했다. 이러한 과정을 10여 년 전부터 눈여겨보던 베네세 그룹이 본격적으로 이누지마에 아트 프로젝트를 실행하게 되었던 것이다.

세이렌쇼에는 야나기 유키노리의 예술작품들이 전시되어 있다. 총 네 개의 스페이스를 하나의 작품으로 전개하는데, 먼저, 입구에 들어서면 '지구 갤러리'라는 작품이 나타난다. 이곳은 미시마 유키오의 소설 『태양과 철』을 모티브로 했다. 구리 벽돌로 만들어진 'ㄹ'자의 구부러진 통로로, 앞을 향해 걷다 보면 긴 통로가 이어져 있는 것처럼 보이지만 사실 그것은 통로의 꺾인 곳에 놓인 거울에 반사된 환영임을 알게 된다. '히어로 건전지 갤러리'는 물이 고여 있는 반원형 화강암 위에 3차원으로 옛 저택의 모습을 재현해낸 작품으로 미시마 유키오가 살던 도쿄 주택을 해체할 때 남은 창호 등이 매달려 있다. 그 밖의 다른 갤러리에도 미시마 유키오의 옛 저택에서 나온 다른 물건을 활용하거나 그의 글귀를 적어 장식하는 등 그와 연관된 것들이 자주 소재로 등장한다.

야나기 유키노리는 미시마 유키오의 소설 『태양과 철』을 통해 자신의 인생철학을 말하고 있는 것일지도 모르겠다. 그것은 일종의 힘과 미美에 대한 상징이다. 나는 세이렌쇼 내부를 감상하며 예술가의 경이로운 창작의 세계를 경험했다. 그리고 깨달았다. 내가 느꼈던 그 감정이 바로 '힘과 미'의 마력이라는 사실을.

세이렌쇼 미술관
원래 폐허의 느낌을 최대한 그대로 살리고, 그 위에 창의적인 요소들을 추가했다. 굴뚝과 검은색 벽돌
로 이루어진 벽 등이 예전 폐허의 모습을 그대로 간직하고 있어 근대 역사의 숨결이 묻어난다.

섬에서 섬으로의 여행

이렇게 여러 개의 섬을 이동하며 작품을 감상하는 방법을 고안해낸 사람은 프랑스 예술가 크리스티앙 볼탕스키였다. 그는 데시마의 한적한 바닷가에 자신의 작품도 남겼는데, 그 작품의 이름은 '심장 소리의 아카이브archive'이다.

검은색의 작은 집 안으로 들어가면 병원처럼 새하얗고 간결한 실내가 나타난다. 안내원을 따라 캄캄한 밀실로 들어가면 그곳에는 거대한 음향기가 '쿵, 쿵, 쿵' 하는 소리를 내고 있다. 그 소리에 맞춰 허공에 매달린 백열등에도 불이 깜박인다. 소리가 크면 불빛도 환해지고 소리가 작으면 불빛도 약해진다. 이 쿵쿵쿵 소리는 어떤 악기나 도구의 소리가 아니라 사람들의 심장박동 소리를 실제로 녹음한 것이다. 전 세계 약 1만 4천여 명의 사람들의 심장 소리가 녹음되어 있었다. 관람객들은 이어폰을 끼고 듣고 싶은 심장 소리를 골라 들으며 창밖의 바다를 감상할 수 있다. 그렇게 잠시 서 있다 보면 마치 어머니의 자궁으로 돌아간 것처럼 마음이 평온해진다.

나는 안내원에게 "이렇게 외딴 섬에 있으면 외롭거나 지루하지 않나요?"라고 물어보았다. 그러자 그녀는 조금의 망설임도 없이 "전혀요. 이렇게 많은 사람들의 심장 소리가 함께 하는데 어떻게 외로울 수 있겠어요."라고 대답했다. 예술가의 손길이 닿은 섬은 더 이상 외롭거나 고독한 곳이 아니었다. 여름 휴가철마다 수많은 사람들이 이 섬을 찾게 될 것이

세토 내해
안도 다다오의 건축 외에도 나오시마에서는 일본 예술가 쿠사마 야요이의 커다란 호박 작품을 감상할
수 있다. 높은 곳에 올라 세토 내해의 석양을 보고 있노라면 예술가의 심장 소리가 들리는 듯하다.

며, 앞으로 더욱 흥미진진한 일들이 펼쳐질 것이기 때문이다.

프로젝트는 지금도 계속 진행 중이다. 예술가들은 후미지고 외진 섬 마을의 운명을 완전히 바꿔 놓을 것이며, 세토 내해의 섬들은 국제적인 관광명소로 떠오를 것이다. 축제 관리자는 우리가 떠나기 전 이렇게 말했다.

"아주 옛날, 우리는 낙후된 섬마을에 불과했습니다. 그 후 기업을 맞아들여 공장을 세우기도 했었지요. 그리고 지금은 예술가들을 맞아들이고 있습니다. 이곳은 창작의 세계로 다시 태어나고 있습니다. 예전에는 자신을 표현하는 데만 급급했던 예술가들도 이곳에서는 땅과 흙, 그리고 사람에게 관심과 애정을 가지게 되었습니다. 서로를 치유하고 성장하는 것이지요."

세토 내해의 아트 프로젝트를 통해서 새 생명을 얻은 것은 섬마을뿐만이 아니었다. 예술가들도 프로젝트를 통해 새로운 사랑과 희망을 불씨를 얻었다.

세토 내해
예술가의 손길이 닿은 섬은 더 이상 외롭거나 고독한 곳이 아니었다. 수많은 사람들이 이 섬을 찾게 될 것이며, 앞으로 더욱 흥미진진한 일들이 펼쳐질 것이기 때문이다.

미래에서
온
유람선

_ 마츠모토 레이지의 미래 우주선

country	일본
city	도쿄
travel	관광유람선
speed	25km/hr
place	스미다 강, 아즈마바시, 도쿄 스카이트리, 아사히 맥주 비어홀, 도쿄 만, 오다이바, 레인보우 브리지, 후지 TV 방송국, 토요스 라라포트
artist	마츠모토 레이지, 필립 스탁, 오다 유지, 단게 겐조
emotion	여유로움, 추억, 떠들썩함, 공상, 낭만

히미코는 〈은하철도 999〉에서 베가Vega, 직녀성 – 옮긴이를 오가는 은하철도 333호와 가장 흡사하다. 하지만 현실에서 히미코는 아사쿠사와 오다이바 사이를 운행하며, 항차는 아침, 오후, 야간 이렇게 단 세 번뿐이기 때문에 탑승 기회를 잡기란 좀처럼 쉽지 않다.

레인보우 브리지

히미코는 스미다 강을 따라 남쪽으로 움직인다. 배가 웅장한 레인보우 브리지 아래를 지나면 승객들은 커다랗고 투명한 창을 통해 어떤 장애물의 간섭도 받지 않고 연안과 교량의 모습을 마음껏 감상할 수 있다.

스미다 강은 도쿄 역사상 매우 중요한 강이다. 강에는 수많은 다리가 있는데, 이 다리를 모두 건너면 고토구라는 도쿄에서 비교적 오래된 지역에 이른다. 이곳에는 도쿄 스카이트리가 있다. 이 철탑을 고토구에 설치한 이유는 쇠락해 가는 옛 도심에 새로운 상업의 기회와 활기를 불어넣기 위해서였다. 스미다 강은 오랜 세월 도쿄의 중요한 수로였다. 크고 작은 여러 운하와 연결되어 있으며 과거에는 상업에 없어서는 안 되는 중요한 젖줄과도 같은 역할을 했다. 하지만 오늘날에는 유람선 관광코스로 각광받고 있다. 아사쿠사 아즈마바시에서 배를 타면 도쿄 만과 오다이바에 이른다.

도쿄 만의 전통 뱃놀이, 야카타부네

관광유람선에 올라 도시를 색다른 각도에서 감상하는 것도 여행의 좋은 방법 중 하나이다. 유유히 흘러가는 강물에 몸을 맡기고 있노라면 도시의 발전과 강의 관계를 몸으로 느낄 수 있다. 또, 다양한 시대의 다리를 하나하나 근거리에서 감상할 수 있는 것도 유람선 관광의 묘미 중 하나이다. 이렇게 일반적인 유람선 관광의 즐거움 외에도 스미다 강에는 에도시대의 전통 뱃놀이를 체험할 수 있는 아주 특별한 코스가 있다. 바로 '야카타부네'라는 지붕을 덮은 일본 고유의 목제 선박을 타보는 것이다. 현대의 야카타부네는 가벼우면서도 튼튼한 FRP제를 사용하고 있지

야카타부네
에도시대의 전통 뱃놀이를 체험할 수 있는 '야카타부네'는 지붕을 덮은 일본 고유의 목제 선박으로, 현재까지도 전통 양식 일부분을 그대로 계승하고 있다.

만, 위쪽으로 밀어 올린 뱃머리 모양이나 처마에 다는 제등 등은 전통 양식을 그대로 계승하고 있다.

도쿄의 옛 도심에는 수많은 운하 지류가 흐른다. 야카타부네를 운영하는 선사船社 대부분이 이 지류의 제방에 위치해 있는데, 그중 가장 높은 지대에 매표소가 있다. 이곳에서 표를 구입한 후 제방을 내려와 야카타부네에 오르면 배는 유유히 스미다 강을 향해 출발한다.

이때부터 선내 주방장의 손길이 바빠진다. 야카타부네는 물 위의 이동식 레스토랑이 된다. 손님들이 배에 오르면 먼저 신선한 생선회가 나오고, 각종 해산물을 튀겨 요리한 덴푸라가 준비된다. 여기에 무한리필이 가능한 생맥주까지 제공된다.

살랑살랑 흔들리는 배 위에서 강바람에 몸을 맡기다 보면 술을 마시지 않은 사람들조차 취하는 것 같다. 어느 정도 거나하게 취기가 오를 때 즈음 노래방 연주가 시작된다. 이때 노래 목록에서 타이완 가요를 발견하고 어찌나 반가웠는지 모른다. 배는 오다이바를 지나 도쿄 만 주변을 계속 맴돌고, 밤이 깊은 강 위로는 야카타부네의 등불만이 반짝인다. 차가운 강 위를 야카타부네가 지나갈 때마다 간간히 흥겨운 노랫소리가 울려 퍼지다가 이내 강바람과 함께 멀리 사라졌다. 늦가을 스미다 강의 바람은 차가웠지만 외롭거나 쓸쓸하지 않았다.

마츠모토 레이지의 미래 우주선

스미다 강을 운행하는 많은 유람선 중에는 모양이 아주 특이한 유람선이 하나 있다. 유선형의 선체와 볼록하게 굴곡진 거품 형상의 선체 앞 유리창이 지나가는 사람들의 이목을 끈다. 어떤 이들은 심지어 이 배가 일본이 최근 개발한 우주선이 아닌가 생각하기도 한다.

이 배는 〈은하철도 999〉로 잘 알려진 만화가 마츠모토 레이지가 디자인한 히미코이다. 〈은하철도 999〉의 내용은 이렇다. 호시노 데츠로한국판 이름 철이임 - 옮긴이는 무료로 기계의 몸을 준다는 행성 안드로메다로 가기 위해 어머니와 함께 은하철도 999호에 타려고 한다. 하지만 어머니가 기계백작에게 살해당하자 결국, 기계 몸을 얻어 그가 영원히 살기를 바랐던 어머니의 생전 염원을 이뤄 주기 위해 홀로 여행을 떠난다. 이때 데츠로의 앞에 같이 여행을 하는 조건으로 은하철도 999호의 표를 주겠다는 의문의 여인 메텔이 등장한다. 이렇게 해서 두 사람은 함께 은하기차를 타고 안드로메다로 가는 먼 여행을 떠난다.

〈은하철도 999〉는 일본인들이 좋아하는 '철도'와 '기계'를 주요 테마로 한다. 하지만 여기에 등장하는 은하철도는 사실 기차가 아니라 일종의 우주선이다. 우주선을 타고 각 역마다 정차하는 장면은 일본인들이 즐기는 기차여행과 닮았다. 〈은하철도 999〉에는 은하철도 111호부터 999호까지 다양한 열차가 등장한다. 각 호마다 목적지와 차체의 디자인, 색상이 모두 다르다. 우주와 기차 여행을 혼합한 종합선물세트 같은 느

도쿄 스카이트리와 아사히 맥주 비어홀
아즈마바시의 여객터미널에서 히미코를 기다리고 있노라면 강 건너 맞은편에 우뚝 솟은 도쿄 스카이
트리와 아사히 맥주 본사 건물 및 아사히 맥주 비어홀을 볼 수 있다.

낌이다.

히미코는 〈은하철도 999〉에서 베가를 오가는 은하철도 333호와 가장 흡사하다. 하지만 현실에서 히미코는 아사쿠사와 오다이바 사이를 운행하며, 최근에는 라라포트까지 노선이 연장되었다. 항차는 아침, 오후, 야간 이렇게 단 세 번뿐이기 때문에 탑승 기회를 잡기란 좀처럼 쉽지 않다.

아즈마바시의 여객터미널에서 히미코를 기다리고 있노라면 강 건너 맞은편에 우뚝 솟아 있는 도쿄 스카이트리와 아사히 맥주 본사 건물, 그리고 세계적인 프랑스 디자이너 필립 스탁이 설계한 아사히 맥주 비어홀이 보인다. 이윽고 히미코가 아즈마바시 아래를 미끄러지듯이 들어와 터미널에 정착한다. 히미코는 그 자체로도 신선한 볼거리이지만, 히미코를 타고 방금 보았던 광경을 다른 각도에서 올려보는 것도 색다른 재미이다.

〈은하철도 999〉 만화 속으로

히미코는 입구부터 특이하다. 출입문 전체가 투명하고 볼록한 유리로 이루어져 있고, 승객이 모두 오르면 마치 우주선처럼 단단히 밀봉되듯 굳게 닫혀 버린다. 유선형의 선내는 전체적으로 밝은 색채와 조명을 사용해 미래 우주선과 유사한 분위기를 연출했다. 아주 오래된 공상과학 영화 〈2001 스페이스 오디세이〉에 나오는 우주정거장의 실내가 연상

되었다. 히미코의 선내는 매우 넓었는데, 그날 저녁 누군가 히미코를 전세 내 파티를 열 계획이라고 했다. 선내 앞쪽으로는 사람 모양의 간판이 세 개 서 있었는데, 다름 아닌 〈은하철도 999〉의 주인공인 데츠로와 메텔, 그리고 999호 열차의 친절한 차장이었다. 선내에는 계속 〈은하철도 999〉의 주제곡이나 주인공들의 음성이 흘러나와 마치 만화 속으로 들어온 것 같은 착각을 일으켰다.

히미코는 스미다 강을 따라 남쪽으로 움직였다. 승객들은 커다랗고 투명한 창을 통해 어떤 장애물의 간섭도 받지 않고 연안과 교량의 모습을 마음껏 감상할 수 있었다. 배가 웅장한 레인보우 브리지 아래를 지나 후지 TV 방송국 앞을 향해 나아갔다. 나는 도쿄 레인보우 브리지를 볼 때마다 매번 오다 유지가 주연을 맡은 〈춤추는 대수사선〉이라는 영화가 생각난다. 이곳과 근처 지역이 영화의 배경으로 많이 등장했던 탓일 것이다. 창문 밖으로 커다란 공 모양의 금속 구조물이 눈에 들어왔다. 이곳은 도쿄 후지 TV 방송국으로 일본 건축의 신이라고 불리는 단게 겐조가 설계했다. 이 건물 역시 미래도시의 느낌이 물씬 풍긴다. 커다란 금속의 원구는 마치 우주정거장의 컨트롤센터처럼 보였다. 공상과학 만화 속 열차를 닮은 히미코가 우주정거장을 닮은 후지 TV 방송국 사옥 앞에 정차를 하다니, 이보다 더 잘 어울리는 결합이 어디 있겠는가.

히미코는 오다이바를 떠나 토요스의 라라포트로 향한다. 토요스는 과거 항구의 중요한 공업지대였으나 최근 몇 년 사이 도쿄 시의 도시재정비사업에 의해 지금은 여러 사무동과 대형 쇼핑몰인 라라포트가 들어서

히미코
〈은하철도 999〉를 모티브로 한 히미코는 출입문 전체가 투명하고 볼록한 유리로 이루어져 있다. 유선형의 선내는 전체적으로 밝은 색채와 조명을 사용해 미래 우주선과 유사한 분위기를 연출했다.

있다. 이곳이 바로 히미코의 최종 종착역이다. 라라포트 항구에는 이전 공장에서 사용했던 기중기 등이 그대로 남아 있어 묘한 운치를 더한다. 우리가 토요스에 도착했을 때는 이미 서쪽 하늘로 황혼이 지고 있었다. 항구에 서서 석양을 보고 있자니 왠지 모를 우수에 젖어들었다.

히미코를 통해 일본 애니메이션의 저력을 다시 한 번 느낄 수 있었다. 일본인의 상상력과 창의력이 대단하다는 생각도 들었다. 도쿄에는 공상 과학과 미래도시의 모습을 도처에서 볼 수 있었다. 아마 이것이 많은 관광객을 모으는 도쿄 만의 매력일 것이다.

후지 TV 방송국, 라라포트
히미코는 금속 원구 구조물이 있는 후지 TV 방송국(오른쪽 위)을 지나 토요스의 라라포트(아래)까지 운행한다. 석양이 지는 도쿄의 모습이 몹시 아름답다.

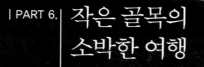

PART 6

지금 당신의 두 발을 움직여 거리로 나가라.

오래된 골목의 담벼락에 배어 있는

사람 온기를 느껴 보라.

이 모든 것은

오직 두 발로 걸을 때만 느낄 수 있으리라.

2 — 4km/hr

호기심 가득한 도시의
방랑자

젊은 시절, 나는 낯선 도시를 여행하는 것이 좋았다.

그리고 최대한 두 발로 걸어 도시 구석구석을 누볐다.

왜냐하면 두 다리야말로 그 도시를 이해하는

최고의 '교통수단'이기 때문이다.

내 발자국을 찍어야만

진정으로 그 도시를 이해했다고 말할 수 있다.

$2 \rightarrow 4 \xrightarrow{km/hr}$ 나는 어릴 때부터 세계를 걸어서 여행하고 싶다는 꿈을 꾸었다. 초등학교를 다니던 무렵, 나는 버스를 타고 등교했는데, 하교할 때면 꼭 한두 정거장 미리 내려 걸어서 귀가하곤 했다. 나는 낯선 세계를 탐험하는 것이 좋았다. 때로는 더 일찍 내려 천천히 집에 돌아가기도 했고, 심지어 학교에서부터 집까지 무작정 찾아가 본 적도 있었다. 물론 그때는 지금처럼 세상이 험하지 않았기 때문에 어린이 유괴 같은 일을 걱정해야 하는 시대는 아니었다.

젊은 시절, 나는 낯선 도시를 여행하는 것이 좋았다. 그리고 최대한 두 발로 걸어 도시 구석구석을 누볐다. 왜냐하면 두 다리야말로 그 도시를 이해하는 최고의 '교통수단'이기 때문이다. 내 발자국을 찍어야만 진정으로 그 도시를 이해했다고 말할 수 있다.

유럽의 도시는 대부분 도보여행에 매우 적합하다. 오래된 도시의 골목에는 항상 생각지도 못했던 선물이 나를 기다리고 있다. 때로는 길을 잃기도 하지만 나는 길을 잃는 것이야말로 여행의 시작이라고 생각한다. '길을 잃다'는 것 자체가 이미 고차원의 여행을 누리고 있다는 뜻이리라. 물의 도시 베네치아는 길을 잃고 헤매 볼 가치가 가장 큰 도시 중 하나이다. 구불구불한 골목을 지나 모퉁이를 돌 때면 항상 처음 보는 아름다운 풍경이 눈앞에 펼쳐진다. 생각지도 못했던 근사한 건축물이 기다리고 있을 때도 있다. 다행히 베네치아는 그다지 큰 도시가 아니기 때문에 사람들이 많이 가는 곳으로 쫓아가다 보면 머지않아 수상버스를 탈 수 있는 운하가 나타나고, 그 수상버스를 이용해 어렵지 않게 익숙한 거리에 도착할 수 있다.

교토 역시 도보로 여행하기에 아주 좋은 도시이다. 작은 골목마다 우아한 고택이 자리 잡고 있을 뿐만 아니라, 다리가 아프면 특색 있고 운치 있는 카페에서 차를 마시며 잠시 쉬어 갈 수도 있다. 100년은 족히 넘었을 고택을 개조한 이들 카페에 앉아 달달한 일본 간식을 즐기며 커피 한 잔을 마시다 보면 행복이 가슴 깊이 젖어들곤 한다.

도쿄처럼 크고 번화한 도시라고 할지라도 충분히 도보여행이 가능하다. 지도 한 장을 들고 길을 걷다 보면 평면이었던 정보가 어느새 3D의 정보로 변하고, 그곳에서 만난 낯선 사람들과의 교류를 통해 미지의 세계는 친숙함으로 다가온다.

나에게 도보여행은 '도시 탐험' 게임처럼 흥미진진하다. 나는 건축물을 찾아 여러 곳을 다니는 것을 좋아한다. 사전에 획득한 유한한 자료에만 의존해 그 도시의 주요 건축물을 찾아 헤매다 보면 뜻밖의 수확을 얻을 때가 많다. 그래서 나는 일반 관광객보다 훨씬 많은 것들을 보고 느끼며, 그들은 생각지도 못했던 경이로운 경험을 할 수 있었다.

건축가 후지모리 테루노부가 자주 언급하는 '길 위의 관찰학'은 나 또한 관심이 많은 '도시 관찰 방법' 중 하나이다. 그 핵심은 작은 물체에서

의의를 찾고, 사소한 실마리를 통해 도시의 실체를 찾는 것이다. 나는 어릴 때 브루스 윌리스가 주연한 《블루문 특급》이라는 TV 드라마를 보며 탐정의 꿈을 키웠다. 드라마에 등장하는 '블루문'이라는 사립탐정 사무소를 둘러싸고 벌어지는 사건들이 너무도 흥미진진했고, 그런 짜릿한 삶을 사는 탐정의 삶이 부러웠다. 하지만 훗날 타이완에는 사립탐정제도가 없음을 알고 크게 실망했다. 기껏해야 흥신소 정도가 전부인데, 그들이 하는 일이라고는 불륜사건을 캐는 정도가 고작이었다. 하지만 건축을 전공한 이후, 비록 탐정사무소는 개업할 수 없지만 개인적으로 '건축과 도시에 대한 탐정'은 될 수 있다는 사실을 깨달았다. 작은 실마리를 통해 그 도시의 성격과 특징을 알아가는 일도 꽤 스릴 있고 박진감 넘치는 일이었다.

나는 항상 젊은이들에게 뜨거운 피와 열정이 있을 때 두 발로 여러 곳을 다녀보라고 말한다. 우리 건축디자인학과는 겨울방학이면 학생들에게 여행을 독려한다. 나는 겨울방학 전에 타이완 지도를 가지고 와 학생들에게 다트게임을 시킨다. 화살이 꽂힌 곳이 바로 다트를 던진 학생의 그해 겨울방학의 여행지가 된다. 때로는 화살이 태평양이나 깊은 오지의 산골짜기를 맞출 때도 있기 때문에 세 번의 기회를 주는데, 어찌 되었든 그중 한 번은 제대로 된 지역에 맞을 수밖에 없다. 특히 가보지 못했던 지역이나 이름이 잘 알려지지 않은 지역이 걸리면 더욱 좋다.

타이완의 학생들은 부모의 엄격한 간섭을 받으면서 자란다. 그래서 성년이 된 후에도 혼자 여행을 한 번도 가보지 못한 사람들이 부지기수이다. 유럽이나 미국의 젊은이들에게는 이른바 그랜드 투어Grand Tour가 보편화되어 있다. 그들에게 이 여행은 일종의 성인식과 같은 의미인데, 스무 살이 되기 전에 다른 나라를 여행하며 그곳 사람들의 생활을 체험하는 것을 말한다. 여행의 목적은 젊은이들이 여행과 사고를 통해 본인이 진정으로 원하는 것과 세상이 자신에게 원하는 것이 무엇인지 깨닫는 것이다.

학생 때의 여행은 가장 간단한 방법을 선택하기 마련이다. 즉, 대부분의 시간을 걸어 다니는 도보여행이 주를 이룬다. 뜨거운 피가 흐르는 젊은 시기에 발끝으로 직접 세상을 느끼는 것은 그 나이에만 누릴 수 있는 특권이자 낭만이다. 다리가 아파 더 이상 걷기 힘들면 히치하이크를 시도해 보자. 사람들은 생각보다 매우 친절하다. 특히 배낭을 멘 젊은이들에게는 기꺼이 도움의 손길을 내민다. 내가 가르치는 학생들 중 몇 명은 경찰서에서 숙박을 해결한 적도 있는데, 따뜻한 밥까지 사주는 경찰 아저씨들 덕분에 감동의 눈물까지 흘렸다고 한다. 이런 여행을 통해 얻는 수확은 결코 만만치 않다.

젊은이들은 그랜드 투어를 통해 더욱 넓은 시야와 관대한 가슴을 가지게 된다. 이 정도면 '성년식'으로 손색이 없지 않겠는가. 이것은 세계를 향해 나가는 첫 발걸음이자 자신을 변화시키는 시작점이다. 영화 〈모터사이클 다이어리〉는 쿠바의 혁명가 체 게바라의 청년 시절 여행 이야기를 담고 있다. 스물세 살의 호기심 많은 의대생이었던 에르네스토 게바라훗날의 체 게바라 – 옮긴이는 친구와 라틴아메리카를 횡단하겠다는 야심찬

계획을 세운다. 그들은 여행을 하면서 그동안 알지 못했던 세계와 맞닥뜨린다. 그곳에는 고통받는 민중과 불합리한 사회가 있었다. 이것이 주인공을 분노하게 만들었다. 하지만 그는 여행을 통해 불타오르는 의지와 희망도 함께 얻었다. 여행은 그를 완전히 변화시켰고, 훗날 쿠바 혁명의 불씨가 되었다.

만약 여행을 하지 않는다면 진짜 세상은 영원히 알 수 없다. 상아탑 안에서만 떠드는 탁상공론은 아무런 의미도, 가치도 없다. 지금 당신의 두 발을 움직여 거리로 나가라. 오감으로 세상을 느끼라. 민가의 주방에서 흘러나오는 음식 냄새를 맡고 주택가의 피아노 연습 소리와 싸우는 소리가 서로 뒤엉키는 것을 들어 보라. 빗물이 얼굴을 적시는 느낌과 오래된 골목의 담벼락에 배어 있는 사람 온기를 느껴 보라. 이런 것들은 차를 타고 이동할 때는 절대 느낄 수 없다. 오직 두 발로 걸을 때만 느낄 수 있다.

건축물을
찾아 나선
도보여행
_ JR 중앙선과 코엔지의 건축물들

country	일본
city	도쿄
travel	도보
speed	3km/hr
place	코엔지 역, 순정상점가, 자 코엔지, House NA
artist	이토 토요, 후지모토 쇼스케, SANAA
emotion	기발함, 특이함, 몽환, 열정

자 코엔지의 실내로 들어서는 순간 마치 내가 관객이 아닌 무대 위의 주인 공이 된 것 같은 착각에 빠진다. 물방울 모양의 창을 통해 들어온 햇볕이 연못 바닥에 피어난 수련과 같은 그림자를 비치며 몽환적인 분위기를 자아낸다. 물방울 모양의 둥근 창은 1층 벽뿐 아니라 위층으로 올라가는 계단까지 이어 진다. 마치 건물 전체가 전염병 때문에 온몸에 반점이 피어오른 신화 속 동물 같다.

House NA
후지모토 쇼스케가 설계한 주택이다. 그의 건축설계 이념인 'many many'는 한 층에도 다양한 높낮이
가 존재함을 의미한다.

JR 중앙선을 타고 서쪽으로 가다 보면 멀지 않은 곳에 코엔지 역이 나온다. '순정상점가'라는 이름의 상점거리와 아와오도리라는 성대한 여름축제가 유명한 곳이지만 평소에는 비교적 한산하다. 사실 이곳은 장의사 밀집 지역으로, 거리를 따라 걷다 보면 꽤 많은 장례식장이 눈에 띈다. 조금은 모골이 송연한 느낌도 든다. 하지만 이 장의사들 뒤편에 위치한 검은색의 현대식 건물만큼은 조용한 거리에 음악의 향취를 선사하고 있다. 바로 일본의 대표적인 현대 건축가 이토 토요가 디자인한 자 코엔지이다.

빛 구슬이 박힌 검은 천막

JR 중앙선이 코엔지 역 근처를 지날 때 즈음 창밖으로 검은색의 건물 하나가 눈에 들어온다. 마치 텐트처럼 지붕의 여러 모서리가 봉긋하게 올라와 있는 이 특이한 건물은 일본 건축가 이토 토요가 디자인한 자 코엔지라는 이름의 극장이다.

자 코엔지는 특이한 외관 때문에 시공 단계에서부터 많은 추측을 불러일으켰다. 혹자는 모종의 비밀집단을 위한 아지트일 것이라고 말했고, 혹자는 주위의 많은 장의사와 연관된 시설일 것이라고도 했다. 신문과 잡지를 통해 보도가 나가기 전까지 사람들의 다양한 추측은 계속되었다. 이렇게 여러 우여곡절 끝에 완공된 극장은 시민들의 앞에 모습을

순정상점가

JR 중앙선을 타고 서쪽으로 가다 보면 멀지 않은 곳에 코엔지 역이 나온다. 이곳에는 '순정상점가'라는 비교적 유명한 상점거리가 있다.

드러냈다.

어린 시절, 모처럼 동네 공터에 서커스 극단이 천막을 치면 아이들은 하루 종일 부모에게 서커스를 보여 달라며 떼를 썼다. 지붕이 올록볼록하게 각진 거대한 천막과 마주한 아이의 눈에 천막 안은 별천지나 다름이 없었다. 육중한 몸에 긴 코를 가진 코끼리와 콧잔등에 형형색색의 가면을 쓴 얼룩말, 아찔할 정도로 높은 곳에서 공중곡예를 부리는 곡예단원과 우스꽝스러운 옷을 입은 난쟁이, 사자 입속에 목을 집어넣는 남자, 달콤한 팝콘과 보송보송한 솜사탕, 거품이 가득한 이름 모를 각종 음료 등등. 쇼가 이어질 때마다 아이는 웃고, 울고, 겁에 질려 실눈을 떴다가 안도의 한숨을 쉬었다. 서커스단의 천막 안은 아이들에게 그야말로 별천지였다.

이토 토요가 누구나 쉽게 들어올 수 있는 극장을 구상하면서도 굳이 오픈된 야외극장이 아닌 실내를 선택한 이유도 여기에 있다. 그는 외부와는 분리된 환상과 신비의 공간을 만들고 싶었던 것이다. 자 코엔지의 실내로 들어서는 순간 마치 내가 관객이 아닌 무대 위의 주인공이 된 것 같은 착각에 빠진다. 물방울 모양의 창을 통해 들어온 햇볕이 연못 바닥에 피어난 수련과 같은 그림자를 비치며 몽환적인 분위기를 자아낸다. 물방울 모양의 둥근 창은 1층 벽 뿐 아니라 위층으로 올라가는 계단까지 이어진다. 마치 건물 전체가 전염병에 걸려 온몸에 반점이 피어오른 신화 속 동물 같다.

매년 8월에 개최하는 아와오도리 축제 또한 코엔지의 볼거리 중 하나

자 코엔지
물방울 모양의 창을 통해 들어온 햇볕이 연못 바닥에 피어난 수련과 같은 그림자를 비치며 몽환적인
분위기를 자아낸다.

이다. 이때가 되면 사람들은 아와 춤을 추면서 자연스럽게 텐트처럼 생긴 자 코엔지로 들어간다. 수많은 물방울 문양이 만들어낸 몽환적인 공간에서 그들은 자신이 아와 춤을 구경하기 위해 온 관광객인지, 아니면 춤을 추는 무용수인지 잊어버리고 만다.

유리로 만든 집, House NA

코엔지의 골목에는 아주 특이한 주택이 하나 있다. 건축 디자이너 후지모토 쇼스케가 설계한 House NA라는 이름의 개인주택인데, 얼핏 보기에도 여느 주택과는 확연한 차이를 보인다. 후지모토 쇼스케는 타이베이 실천대학 강연에서 이 주택이 그의 건축설계 이념인 'many many'를 잘 구현했다고 설명했다. 그의 'many many' 개념은 한 층에도 다양한 높낮이가 존재함을 의미하는데, 이를 통해 거주자가 더욱 자유롭고 편리하게 생활할 수 있다는 것이다.

게다가 이 건물은 벽면이 모두 투명한 유리로 이루어져 있어 수족관처럼 밖에서도 안이 훤히 들여다보인다. 마침 1층 주차장에는 파란색의 구형모델 자가용이 주차되어 있어 집주인의 고상한 취향을 엿볼 수 있었다. 나는 후지모토 쇼스케에게 집주인이 이 주택을 좋아하냐고 몇 번이나 물어봤지만 그는 매번 당연하다는 듯 "Yes!"라고 대답했다. House NA의 주인은 젊은 부부인데, 그들은 주위 사람들의 시선을 의식하지 않

House NA
후지모토 쇼스케는 코엔지 근처에 이 괴상한 주택을 지었다. 여러 층의 공간이 공존하며 안은 마치 수족관처럼 훤히 들여다보인다.

을 뿐더러 심지어 유리 집에서의 삶을 즐기고 있다고 했다. (물론 커튼을 이용해 최소한의 프라이버시는 지킬 수 있다.) 오히려 불편해한 쪽은 주위에 사는 이웃들이었다. 부부는 이웃들과 꾸준한 대화를 통해 조금씩 그들을 설득해 나갔다고 한다.

역사적으로 가장 유명한 유리 집은 독일의 대표적인 표현주의 건축가 미스 반 데어 로에가 설계한 판스워스 하우스이다. 이 주택은 독신의 외과의사 에디스 판스워스를 위해 특별히 설계한 것이었지만 판스워스 박사는 완공된 집을 보고 오히려 크게 분노했다고 한다. 그녀는 "전혀 사생활을 보호받을 수 없고, 조금의 편안함과 안락함도 느낄 수 없으며, 게다가 너무 덥다."라며 신랄한 불평을 쏟아냈다. 심지어 미스 반 데어 로에를 대상으로 소송까지 제기했고 집도 팔아 버렸다. 하지만 아이러니하게도 판스워스 하우스가 유명해지면서 그녀도 덩달아 역사에 이름을 남기게 되었다.

건축 거장들의 주택 설계

세계적인 건축 거장들은 대부분 자신의 건축 이념을 반영한 대표적인 주택 하나쯤은 가지고 있다. 르 코르뷔지에의 빌라 사보아, 프랭크 로이드 라이트의 로비 하우스, 안도 다다오의 스미요시 연립주택 등이 그렇다. House NA 역시 후지모토 쇼스케의 건축 이념을 충실하게 반영하고 있다.

서양의 건축가들은 열심히 주택을 만들어 놓고도 대부분 의뢰인에게 소송을 당하는 아픔을 겪곤 했다. 집주인이 새 집에 만족하지 못했기 때문인데, 심지어 어떤 경우에는 건축가가 이념을 표현하는 데만 너무 치우친 나머지 주거에 필요한 기본적인 요소조차 제대로 갖추지 못한 사례도 있었다. 이에 비해, 일본 건축가들은 의뢰인에게 소송을 당하는 일이 극히 드물었다. 그들이 디자인한 주택이 서양 건축가들의 것보다 나았기 때문은 결코 아니었다. 일본인들의 민족적 특성상 감히 건축 대가의 권위에 도전장을 내미느니 인내하는 편을 택하는 경우가 많았기 때문이다.

스미요시 연립주택의 경우에는 극도로 절제된 안도 다다오의 건축양식에 맞추기 위해 건축주 역시 몇십 년 동안 철저하게 소박한 삶을 살아야 했다. 어떤 이들은 "집이 금욕생활을 강요한다."라며 비웃기도 했다. 안도 다다오는 시상식에서 "이 상은 오늘까지 제 연립주택에 살아준 건축주께서 받으셔야 마땅합니다."라며 수상소감을 밝히기도 했다.

이에 반해 House NA의 건축주인 젊은 신혼부부는 이 '유리의 집'을 진심으로 즐기고 있었다. 보통 사람이라면 쉽지 않은 일이다. 건축가로서 이런 건물주를 만난 후지모토 쇼스케는 행운아임에 틀림없다.

후지모토 쇼스케는 국제적으로도 명성을 얻고 있다. 그는 렘 콜하스, 이토 토요, 사나아SANAA, 건축가 세지마 가즈요와 니시자와 류에가 공동 설립한 회사 – 옮긴이에 이어 런던 하이드파크 서펀타인 갤러리의 임시 관장직을 역임한 바

있다. 일본 건축가로서는 세 번째였다. 그는 House NA 이후로도 'many many'의 건축 이념을 반영한 실험적인 작품들을 계속 선보이면서 세계인들의 이목을 집중시키고 있다.

House NA
이 주택의 건물주는 젊은 부부인데, 이 유리 집을 진심으로 좋아하고 있다. 오히려 이웃들이 적응을 하지 못해 오랜 시간 불편을 겪어야만 했다.

건축물을 쫓는 스파이

_도쿄 건축물 도보 순례

country	일본
city	도쿄
travel	도보
speed	2km/hr
place	모리야마 테, 도쿄 타이어 파크
artist	존 버컨, 니시자와 류에, 세지마 가즈요
emotion	흥분, 만족, 낭만, 실험, 동심

나는 무엇인가를 알아내어 가는 과정이 좋다. 어릴 때 존 버컨의 『39계단』이라는 소설을 읽고 스파이의 삶을 상상하곤 했다. 작은 실마리조차 놓치지 않는 예리함, 목표를 향한 집념과 목숨을 건 도피 등, 이 모든 것이 어린 소년에게는 너무나 멋있어 보였다. 사실 소설이나 영화에서 그려낸 스파이의 활약은 어떻게 보면 내가 추구하는 여행의 방식과도 닮았다.

도쿄 타이어 파크
도쿄 주택가에 위치한 이 공원은 영화 〈고질라〉를 모티브로 했다. 도쿄의 많은 젊은 엄마들이 아이의
손을 잡고 이곳을 찾는다.

만약 건축을 보기 위한 목적만 아니었다면 나는 도쿄 가마타 지역을 이렇게 배회하고 있지는 않았을 것이다. 니시자와 류에의 모리야마 테는 도쿄에서 오래된 주택가 가마타 구에 위치해 있었다. 나는 모리야마 테를 찾기 위해 모든 정보력과 추리력을 총동원해야만 했다. 일본인들은 프라이버시를 중요하게 생각하기 때문에 일반적으로 자신의 집 주소를 공개하는 것을 꺼려한다. 잡지 등에 사진이 실릴 때도 상세한 주소만큼은 비밀로 붙여 달라고 요구한다고 한다.

나는 '건축의 탐정'이 되기로 결심했다. 우선, 잡지 속 모리야마 테의 사진을 통해 근처 상황을 살펴보기로 했다. 자세히 관찰을 해보니 주변에 한 병원이 보였다. 나는 그 병원 간판에 쓰여 있는 이름을 인터넷으로 검색해 도쿄에 동일한 명칭의 병원이 몇 개 있는 것을 알아냈다. 그리고 다시 구글의 위성사진과 잡지의 사진을 비교해 본 후에야 모리야마 테의 정확한 위치를 알아낼 수 있었다.

사실 나는 이렇게 무엇인가를 알아내어가는 과정이 좋다. 어릴 때 존 버컨의 『39계단』이라는 소설을 읽고 스파이의 삶을 상상하곤 했다. 작은 실마리조차 놓치지 않는 예리함, 목표를 향한 집념과 목숨을 건 도피 등, 이 모든 것이 어린 소년에게는 너무나 멋있어 보였다. 사실 소설이나 영화에서 그려낸 스파이의 활약은 어떻게 보면 내가 추구하는 여행의 방식과도 닮았다.

자료를 찾고, 작은 단서를 통해 원하는 건축물의 위치를 알아내며, 결국 그 건축물 앞에 섰을 때의 짜릿함과 희열은 단체여행에서는 꿈도 꿀 수 없는 즐거움이다.

독특한 생활양식

니시자와 류에는 일본의 여성 건축가 세지마 가즈요와 함께 SANAA라는 이름의 건축사무소를 운영한 적이 있었다. 그들이 설계한 오모테산도 거리에 위치한 CD 플래그 숍과 가나자와에 있는 21세기 미술관은 순백의 고결한 자태로 일본뿐 아니라 건축에 관심을 가지고 있는 세계인의 관심을 모았다.

니시자와 류에와 세지마 가즈요는 기존의 공간 개념에 대해 끊임없이 의문을 던졌다. 그들은 지난 한 세기 동안 주류를 이뤘던 '무거운 건축'에서 벗어나 보다 경쾌한 느낌의 건축을 창조하고자 했다. 또한, 기계문명으로 대표되는 20세기의 건축이 '집중성'을 강조했다면 21세기의 건축은 '중심 탈피'의 시대가 되어야 한다고 생각했다. 이러한 생각을 가장 잘 구현한 작품이 바로 가나자와의 21세기 미술관이다.

21세기 미술관은 사각형의 기존 양식을 탈피해 거대한 원형으로 만들어진 현대 미술관으로 동서남북 사방에 출입구가 존재하며 주변은 공원으로 둘러싸여 있다. 건물 전체에 '투명성'과 '개방성'의 이념이 잘 구현되어 있다. 공원을 거닐다가 언제든지 한가롭게 미술관 안으로 걸어 들어갈 수 있으며, 기존의 미술관들처럼 미리 정해진 동선이 제시되어 있지 않기 때문에 관람 또한 무척 자유롭다.

훗날 니시자와 류에는 홀로 독립해 독자적인 설계사무소를 설립했다. 이때 디자인한 것이 바로 모리야마 테였다. 모리야마 테는 기존의 주거 형식에서 완전히 탈피해 공간을 기능에 따라 분리하는 방식을 사용했다. 사각형의 건물 하나가 단 하나의 기능만을 가지고 있는데, 주방, 욕실, 침실, 화장실이 모두 독립된 건물로 존재한다. 그래서 일상생활에 많은 불편이 따르는 것도 사실이다. 예를 들면, 침실에서 잠을 자다 화장실을 갈 때, 혹은 저녁을 먹기 위해 서재에서 주방으로 이동할 때 모두 실외 공간을 거쳐 가야 한다. 이러한 상황은 입주자들을 곤혹스럽게 만들었다.

더 이해하기 힘든 것은 모리야마 테가 매우 개방된 형태를 취하고 있기 때문에 마음만 먹으면 누구나 이 사각형의 건물들 사이로 들어갈 수 있다는 점이다. 그래서 모리야마 테에 사는 사람들에게는 프라이버시를 지키는 것이 매우 골치 아픈 과제가 되었다. 게다가 모리야마 테가 유명세를 타면서 이 특별한 건축물을 보기 위해 세계 각지에서 많은 사람들이 몰려들었고, 허락도 없이 사진을 찍는 일도 허다했다. 그래서 이후 모리야마 테 입주민들은 잡지사에서 취재를 나오면 사진을 기재하는 것은 허락하되, 주소에 관한 정보는 싣지 말라고 신신당부를 하게 되었다.

모리야마 테는 니시자와 류에의 실험적인 작품이다. 훗날 그가 처음으로 디자인한 미술관인 도와다 미술관 역시 여러 개의 크고 작은 흰색 사각형 건물의 조합으로 이루어져 있다. 다만 모리야마 테와 다른 점은

모리야마 테
니시자와 류에가 설계한 이 주택은 도쿄의 오래된 주택가에 위치해 있는데, 공간을 기능에 따라 분리했다. 사각형의 건물 하나가 단 하나의 기능만을 가지고 있어 주방, 욕실, 침실, 화장실이 모두 독립된 건물로 존재한다.

모리야마 테
건물 자체도 개방적인 구조이고, 건물과 건물 사이를 이동할 때도 완전히 개방되어 있는 뜰을 지나야
하기 때문에 프라이버시를 지키기가 매우 어렵다.

건물과 건물 사이가 유리 통로로 이어져 있어 다른 공간으로 이동할 때 실외로 나가야 하는 불편함을 줄였다는 것이다.

공원의 타이어 공룡

일본의 공원은 지역마다 특색이 있다. 간사이 지역 오사카 시의 공원은 해양생물을 테마로 한 경우가 많다. 오사카가 해산물로 유명한 것과도 연관이 있을 것이다. 특히 문어 모양의 미끄럼틀은 이 지역 공원 어디에서나 가장 흔하게 볼 수 있는 놀이기구이다. 모양은 같지만 색상은 제각각이다. 이에 비해 도쿄의 공원은 공룡을 테마로 한 곳이 많다.

그중 도쿄 가마타 지역 주택가에 위치한 도쿄 타이어 파크는 특이하게도 공원 전체가 폐타이어를 활용해 만들어졌다. 이미 20년이 지난 오래된 공원으로, 폐기물을 활용함으로써 주민들에게 환경보호의 중요성을 인식시키자는 취지에서 조성되었다. 공원에 있는 두 개의 거대한 공룡 조형물 역시 순수하게 폐타이어만을 사용했다. 이 공룡 조형물은 공원의 상징이며 아이들에게 인기도 가장 많다.

폐기물을 시설 자재로 활용한다는 발상은 안전을 중요시하는 지금 시대와는 잘 맞지 않을 수 있다. 하지만 역사가 결코 짧다고 할 수 없는 이 도쿄 타이어 파크는 지금도 여전히 아이들이 엄마의 손을 잡고 찾아오는 최고의 놀이공원으로 굳건히 자리 잡고 있다. 도쿄 타이어 파크는 처음 조성 당시부터 젊은 엄마들의 뜨거운 호응을 받았다. 아이들이 타이어 사이를 여기저기 돌아다니며 마음껏 뛰어놀 수 있을 뿐 아니라, 이곳에서만 즐길 수 있는 '타이어 썰매'도 인기가 높다. 누구나 자기에게 맞는 크기의 타이어를 골라 작은 구릉으로 올라간 다음 타이어 위에 올라앉아 아래로 미끄러져 내려오는데, 그 속도나 스릴이 청룡열차에 뒤지지 않는다. 안전을 걱정할 필요도 없다. 구릉 밑에는 모래가 푹신하게 깔려 있기 때문이다. 게다가 이 썰매는 무료이기 때문에 자신이 원하는 만큼 실컷 탈 수 있다.

공원 근처로 게이큐 전철이 지나가기 때문에 아이들은 놀면서 열차도 구경할 수 있다. 이렇게 신 나게 뛰어놀아 체력을 모두 소모한 날이면 밤에 깊은 잠에 곯아떨어지기 때문에 엄마도 덩달아 편한 밤을 보낼 수 있다. 도쿄의 젊은 엄마들은 도시락을 싸가지고 와 점심때면 다른 엄마들의 반찬도 나눠 먹고, 육아에 대한 정보도 교환하면서 즐거운 한때를 보낸다.

나는 이렇게 간단하지만 기발하고 재미있는 공원을 누릴 수 있는 도쿄 시민들이 부러웠다. 타이완은 지금 저출산율 때문에 골머리를 앓고 있지만 도심에는 여전히 이런 공간이 전무하다. 나는 이 또한 출산율이 낮아지는 원인 중 하나라고 생각한다. 도시의 엄마들은 아이를 데리고 마땅히 갈만한 곳이 없어 불편을 겪는다. 투자 유치와 부동산 투기에만 열중할 것이 아니라 엄마와 아이가 안전하고 즐겁게 시간을 보낼 수 있

도쿄 타이어 파크
공원에는 거대한 공룡 조형물이 두 개 있는데, 순수하게 폐타이어만을 사용했다. 이 공룡 조형물은 공원의 상징이며 아이들에게 인기도 가장 많다.

는 공간도 반드시 있어야 한다. 그래야만 젊은 부부들에게 다음 세대를 낳고 키우라고 설득할 때 힘이 실리지 않겠는가!

도쿄 타이어 파크
이곳에서만 즐길 수 있는 '타이어 썰매'도 인기가 높다. 누구나 자기에게 맞는 크기의 타이어를 골라 작은 구릉으로 올라간 다음 타이어 위에 올라앉아 아래로 미끄러져 내려오는데, 그 속도나 스릴이 청룡열차에 뒤지지 않는다.

| PART 7. | 고요한
묘지여행

묘지에서는 누구나
죽음에 대해 생각하지 않을 수 없다.
묘지를 걷다 보면
생명의 유한함이 절실히 가슴에 와 닿는다.
남은 인생을 더 보람차게 살아야겠다는
다짐이 절로 든다.

Okm/hr

죽음과 욕망의
안 식

우리는 누구나

잠시 이 땅에 의탁해 기거하다 떠나는 여행자일 뿐이다.

그래서 나는 여행이 모두 끝났을 때 내가 세상에서 사용했던

육신을 비롯한 모든 것들을 다 버리고

홀가분하게 저세상으로 떠나고 싶다.

어쩌면 그곳에서 나를 기다리고 있을

또 다른 여행을 새롭게 시작하기 위해!

$\xrightarrow{\quad\quad\quad\quad} \underset{km/hr}{0} \rightarrow$ 아마 나처럼 묘지에서 산책을 즐기는 사람은

많지 않을 것이다. 나는 어릴 때 양밍 산에 있는 공동묘지에서 노는 것을 좋아했다. 종종 친구들과 함께 그곳에서 숨바꼭질을 하며 놀곤 했는데, 다른 곳에서 노는 것은 비교도 안 될 만큼 스릴이 넘쳤다. 술래가 된 아이는 숫자를 100까지 센 후에야 친구들을 찾기 위해 등을 돌릴 수 있었는데, 그때서야 무덤 한가운데 홀로 남겨졌다는 사실을 깨닫고 울상이 되곤 했다. 하지만 나는 그때의 두려움과 오싹한 기분을 즐겼던 것 같다.

많은 사람들이 나에게 묻는다. 왜 묘지를 가는지, 으스스한 기분이 들지는 않는지, 무섭지 않은지 등등을. 하지만 나는 왜 죽은 사람을 무서워해야 하는지 모르겠다. 오히려 정말 당신을 해칠 수 있는 사람은 살아 있는 사람들이다. 우리가 망자를 무서워하는 이유는 그저 미지에 대한 두려움 때문이다. 바로 이러한 이유 때문에 사람들은 죽음을 두려워한다. 죽은 후에 어디를 가고, 어떤 상황에 놓이게 될지 전혀 알 수 없기 때문이다.

나는 어릴 때 내가 탄 기차가 터널 안으로 들어가는 꿈을 자주 꿨다. 기차는 컴컴하고 음산한 터널로 빠르게 진입하고는 영원히 밖으로 나오지 않았다. 그러면 나는 공포에 휩싸여 소리를 질렀고, 잠에서 깨어나면

온몸이 식은땀으로 젖어 있었다. 신기하게도 꿈속에 등장하는 기차역과 터널은 항상 똑같은 장소였다. 그래서 후에는 꿈속에서 기차역만 보여도 심장이 두근거렸다.

똑같은 꿈은 청년이 될 때까지 계속되었다. 하지만 스무 살이 되던 해 기독교에 입문해 세례를 받은 후에는 신기하게도 더 이상 그 꿈을 꾸지 않게 되었다.

아직도 정확한 이유는 모르겠지만, 내 짐작은 이렇다. 내가 악몽에 시달렸던 이유는 죽음과 사후세계에 대한 막연한 두려움 때문이었는데, 종교가 그에 대한 답을 비교적 명확하게 제시해 주었기에 내 안에 자리잡고 있던 막연한 공포를 잠재워 준 것으로 보인다.

나는 무덤의 고요함을 좋아한다. 매년 음력 1월 1일이면 타이완 거리는 온통 빨간색 계열의 옷을 입은 사람들로 가득차고, TV에서는 식상한 명절 특집 프로그램들이 하루 종일 방송된다. 천편일률적인 새해 인사가 난무한 이 분위기를 나는 도저히 참을 수가 없다. 어디론가 숨고 싶다. 이럴 때 도망갈 수 있는 최고의 장소가 바로 묘지이다.

설날 묘지는 더없이 고요하다. 이곳에 오면 내 마음도 덩달아 평온해진다. 이 시기의 녹음은 타이완은 겨울이 없음 - 옮긴이 어느 때보다 청초하다. 게다가 아무도 나를 방해하는 사람이 없다. 타이완에서는 1월 1일부터 묘지를 찾는 사람이 극히 드물기 때문이다. 나는 연말과 연초는 오히려 평소보다 고요한 시간을 가져야 한다고 생각한다. 특히 앞만 보고 1년 내내 열심히 달려온 사람들에게는 더욱 그렇다. 지난 1년을 돌아보고, 앞으로 나아갈 방향을 정하는 절호의 시간이 바로 이때이다. 시끌벅적한 분위기에서 술에 취해 흥청망청 보내기에는 너무 아까운 시간이다.

묘지에서는 누구나 죽음에 대해 생각하지 않을 수 없다. 묘지를 걷다 보면 생명의 유한함이 더 절실히 가슴에 와 닿는다. 앞으로 남은 인생을 더 보람차게 살아야겠다는 다짐이 절로 든다. 사람은 누구나 언젠가는 죽는다. 모든 여행이 언젠가는 끝날 때가 있는 것처럼 말이다. 세상을 향해 불타오르는 열정과 호기심도 언젠가는 가라앉고, 결국에는 죽음과 함께 그 불씨도 완전히 사그라질 것이다. 하지만 신앙에서 죽음은 결코 끝을 의미하지 않는다. 오히려 죽음은 새로운 여정의 시작이다.

묘지나 무덤만 생명과 죽음에 대한 사고를 불러일으키는 것은 아니다. 추모예배 또한 삶에 대해 생각해 볼 수 있는 기회 중 하나이다. 나는 최근 지인 가족의 추모회에 참석한 적이 있다. 망자를 회상하고, 유가족에게 위로의 말을 건네는 것 외에도, 나는 이곳에서 자신의 삶을 반성하고 돌이켜 보는 기회를 가질 수 있었다. 죽은 이에 대한 그리움과 차분하고 우아하게 흐르는 음악이 그런 사고를 더욱 촉진했다. 사실 나는 추모회 자체를 싫어하지는 않는다. 특히 이렇게 차분하고 정숙한 추모회는 참석하는 본인에게도 충분히 가치 있는 시간이 될 수 있다.

하지만 나는 타이완의 민속적인 장례식은 정말 싫어한다. 괴상한 장례 풍속이나 각종 절차는 사실 일명 '도사'라고 불리는 무속인들에게서 비롯되었으며, 구전되는 과정에서 고착화된 것에 불과하다. 지금은 무속인들조차도 왜 그런 절차가 행해지는지 잘 알지 못하는 경우가 허다하다. 게다가 장례에 쓰이는 음악도 너무 시끄럽고 경박하다. 어떤 때는 '도사'들 사이에 경쟁이 붙어 자신의 '신력'을 과시하기 위해 소리를 최대한 높이는 바람에 귀가 먹먹해질 정도이다.

고등학교 때 처음으로 빈소를 가본 적이 있었는데, 무엇을 해야 할지 몰라 몹시 당황스러웠다. 그래서 나는 무조건 다른 사람들을 따라 해야겠다고 생각했다. 당시 찾았던 빈소는 중국 전통가옥과 같은 건물에 마련되었는데, 향을 피워서인지 연기가 자욱했고 여러 가지 악기들이 자극적인 소리를 내며 불협화음을 내고 있었다. 나는 자신도 모르게 눈물을 흘렸다. 슬프거나 마음이 아파서가 아니었다. (나는 고인을 본 적도 없다.) 단지 연기 때문에 눈이 따가워 저절로 눈물이 났을 뿐이다. 나는 급히 절을 하고 그곳을 빠져나왔다. 만약 내가 고인과 아는 사이였다면 고인을 회상하고 애도할 겨를도 없이 쫓겨나듯 빈소를 나왔을 것이라 생각하니 왠지 기분이 씁쓸했다.

나는 모든 사람들이 죽기 전에 자신의 묘지, 장례 혹은 추도회의 형식을 미리 정해 놓아야 한다고 생각한다. 죽은 후에는 누군가 자신이 몹시 싫어하는 방식으로 일을 진행한다고 해도 항의조차 할 수 없기 때문이다. 특히 건축설계나 디자인을 전공한 사람들은 직업적인 특성상 누군가 자신에게 마음에 들지 않는 형식을 적용한다는 게 참기 힘든 일이다.

일본 건축가 키타가와라 아츠시는 마흔 살이 되었을 때 자신의 무덤을 미리 설계해 놓았다고 한다. 아마 마음이 든든했을 것이다. 나는 일반인들이라도 자신의 묘지명이나 장례 형식, 무덤의 위치나 매장 방식 정도는 미리 생각해 놓아도 좋을 것이라고 생각한다. 하지만 또 어떤 면에서 보면 이런 생각들 자체가 건축 디자이너라는 직업병에서 왔다는 생각도 든다. 삶을 마감한 사람에게 장례식이 뭐 그리 중요할 것이며, 무덤이나 묘지명이 어떠한들 무슨 상관이겠는가?

여행은 이미 끝났고, 한 생명의 모든 추억과 아픔은 관 뚜껑에 덮여 땅속에 영원히 묻히거나 산과 강에 흩뿌려질 뿐이다. 죽은 이에게 형식 따위가 무슨 대수겠는가.

나는 가장 아름다운 매장 방식은 화장火葬이라고 생각한다. 하얗게 재가 된 골분骨粉을 바다나 강, 혹은 벚꽃나무 아래 뿌리는 방식은 '자연으로의 회귀'를 가장 잘 구현했다고 생각한다. 이토 토요가 설계한 화장시설인 명상의 숲은 이름 그대로 주위가 숲으로 둘러싸여 있다. 우아한 굴곡이 돋보이는 하얀 지붕과 유선형의 기둥, 밝고 투명한 통유리 벽과 그 유리벽을 통해 보이는 잔잔한 호수와 넓은 뜰, 먼 곳의 숲과 나무까지. 사랑하는 사람을 배웅하기 위해 이곳을 찾은 사람들은 고요한 숲 한가운데에서 잔잔한 호수를 바라보며 그와의 추억을 회상할 수 있다.

명상의 숲과 비교했을 때 타이베이의 화장은 혼잡하고 시끄럽기만 하다. 지은 지 몇 년 되지 않은 화장시설조차도 거부감이 생긴다. 타이완의 화장터는 대부분 산골짜기 혹은 그 비슷한 곳에 위치한다. 그래서 공간이 협소하고 심지어 왠지 모를 압박감마저 든다. 실내는 비교적 깨끗하고 밝은 편이지만 이른바 '도사'라고 불리는 사람들이 내는 귀에 거슬리는 음악과 경전 읽는 소리가 분위기를 혼잡하게 만든다. 심지어 가족마다 초빙한 도사들이 모두 한 공간에서 의식을 치르고 있기 때문에 그들 사이에도 일종의 경쟁의식이 생긴다. 다른 도사의 소리가 들리면 자신도 목청을 더 높여 경전을 읽거나 악기를 연주하기 때문에 시설 안은 삽시간에 도떼기시장처럼 변해 버린다.

일본 건축가 안도 다다오는 타이완의 싼즈 지역에 벚꽃이 가득한 묘지를 디자인했다. 묘지는 원형의 못 아래에 위치하는데, 그의 작품인 혼푸쿠지 미즈미도의 타이완 버전이라고 생각하면 맞을 것 같다. '물의 절'로 불리는 혼푸쿠지 미즈미도의 법당이 잔잔한 연못 아래에 위치한 것처럼, 싼즈의 묘지도 못을 돌아 그 아래에 위치한 납골당으로 들어가야 한다. 지하 납골탑塔은 타이완 사람들의 개념을 완전히 뒤엎은 발상이다. 타이완에서는 교외로 나가면 곳곳에 하늘 높이 치솟은 납골탑을 볼 수 있기 때문이다. 나는 안도 다다오의 납골탑이 훨씬 환경 친화적이라고 생각한다.

지하 납골당의 중앙에는 원형의 천창이 있는데, 햇볕이 못의 물을 통과한 후 이 천창을 통해 납골당까지 들어와 신비로운 분위기를 자아낸다. 지하 납골당은 전체가 원형의 통처럼 생겼으며 벽에는 납골함을 모실 수 있는 칸이 마련되어 있어 그 자체가 납골탑塔의 역할을 한다. 칸이 몇만 개에 달해 납골당 회사가 꽤 많은 수입을 올렸다는 후문도 들릴 정도다. 내 친구 중 한 명도 이곳에 칸 하나를 미리 사두었다. 어떤 이들은 심지어 몇 개를 한꺼번에 사놓는다고 한다. 사람들은 생전에 안도 다다오와 같은 거장의 건축에서 살아보지 못했으니 죽어서라도 그의 납골당에 안장되고 싶다고 생각하는 걸까.

하지만 나는 이 납골당이 마치 '죽은 이들의 아파트' 같다는 생각을 떨쳐 버릴 수가 없다. 생전에도 도시의 작은 공간에서 서로 비집고 사느라 고생이 많았을 텐데 굳이 죽어서까지 고高밀도의 공간에 있어야 할 이유가 있을까?

나는 〈구약성서〉에서 아브라함이 "지상에는 영원한 집이 없다."라고 했던 것에 동의한다. 우리는 누구나 잠시 이 땅에 의탁해 기거하다 떠나는 여행자일 뿐이다. 그래서 나는 여행이 모두 끝났을 때 내가 세상에서 사용했던 육신을 비롯한 모든 것들을 다 버리고 홀가분하게 저세상으로 떠나고 싶다. 어쩌면 그곳에서 나를 기다리고 있을 또 다른 여행을 새롭게 시작하기 위해!

죽 음 은
인 간 의
피할 수 없는
과 제

_파리의 묘지를 산책하다

country	프랑스
city	파리
travel	도보 〉정지
speed	0km/hr
place	페르 라셰즈 공동묘지
artist	차이밍량, 쇼팽, 조아키노 로시니, 오스카 와일드
emotion	흥분, 비통함, 음산함, 연약함, 위안, 평온, 깨달음

　　묘지에 누워 있는 사람들에게 이곳은 생명의 종착점이다. 그들의 여행은 이미 끝났으며, 그렇기에 그들의 여행 속도는 '0'이다. 묘지를 찾은 추모객들에게 이곳은 내면의 불타오르던 욕망을 잠시 식힐 수 있는 곳이기도 하다. 여행의 속도는 점점 낮아질 것이고, 결국은 조용히 멈추어 세상과 마주하고 있는 자신을 발견하게 될 것이다.

페르 라셰즈 공동묘지
파리의 공동묘지는 소형 건축박람회와 같다. 모든 고전적인 건축 요소가 무덤에 집약되어 있으며 설계학적 비율도 정확하다.

나는 공동묘지를 산책하는 것을 좋아한다. 무덤의 설계와 묘지명, 무덤 디자인을 통해 드러난 각자의 인생관 등이 몹시 흥미롭다. 여름방학을 이용해 친구들과 함께 프랑스 파리를 여행한 적이 있었다. 하지만 나는 그 친구들을 쇼핑센터나 명품거리로 안내하지 않았다. 우리가 간 곳은 파리의 한 공동묘지였다. 아마도 많은 사람들이 이런 나를 이상하다고 하겠지만 나는 명품거리에서 쇼핑하는 것보다 이렇게 무덤을 돌아보며 자신의 인생을 생각해 보는 것이 더 가치 있다고 생각한다.

공동묘지는 그 도시의 환경을 잘 반영해 주는 축소판이다. 예를 들면, 뉴욕 맨해튼의 경우 시립공동묘지의 묘비가 빽빽이 늘어서 있는데, 그 모습이 마치 초고층빌딩이 빽빽하게 자리 잡고 있는 맨해튼 자체를 옮겨놓은 것 같다. 인구밀도가 높기로 유명한 도쿄의 묘지 역시 무덤으로 꽉 차 빈 공간을 찾기 어렵다. 이에 반해 파리는 예술과 낭만의 도시답게 공동묘지조차 하나의 옥외 미술관 같은 느낌을 준다. 모든 무덤 앞에는 동으로 만든 조각품들이 있는데, 그 솜씨가 하나같이 예사롭지 않다. 위풍당당한 날개가 달린 천사, 망자의 생전 모습, 슬퍼하는 유가족의 모습 및 저승사자에 이르기까지 주제도 다양하다. 파리의 공동묘지에 들어서는 순간 조각품을 전시해 놓은 옥외 미술관에 들어선 것이 아닌가 하는 착각이 들 정도이다. 그 예술적 감각에 감탄이 절로 나온다.

죽음은 인간 최후의 존엄

그중 가장 인상 깊었던 조각은 두건을 쓴 음산한 여인을 형상화한 것이었는데, 여인은 마치 저승사자가 들어오지 못하도록 하려는 것처럼 양 팔을 벌린 채 무덤의 철문 앞을 막고 서 있다. 그녀의 노력이 부질없음을 알기에 왠지 측은한 느낌마저 들었다. 인류는 영원히 죽음으로부터 자유로울 수 없다. 설령 저승사자를 용케 피한다고 해도 영원히 육신에 머무르는 것이 과연 행복한 일일까?

예전에 읽었던 우화 한 편이 생각난다. 옛날 어느 국왕이 저승사자에게 연회를 베푼다고 속인 후 그를 감옥에 가둬 버렸다. 저승사자가 본연의 임무를 수행하지 못하게 되자 나라에는 더 이상 죽는 사람이 나타나지 않았다. 하지만 노쇠한 노인들은 병마에 시달리며 힘든 시간을 연명해야 했고, 마차에 치이는 등 불의의 사고를 당한 사람이나 동물들은 뼈가 으스러지는 고통에 신음하면서 숨이 끊어지기만을 간절히 애원했다. 그 모습을 지켜봐야 하는 가족들도 가슴이 찢어지는 아픔을 겪기는 마찬가지였다. 사람들은 그제야 깨달았다. 죽음은 인간 최후의 존엄이라는 사실을. 국왕은 어쩔 수 없이 저승사자를 풀어 주었고, 고통받던 사람들은 그제야 안식을 찾을 수 있었다.

묘지 디자인은 살아 있는 자를 위한 것

묘지의 설계는 어느 정도 망자의 인생관과 경험, 욕망과 삶에 대한 아쉬움 등을 반영한다. 하지만 다른 한편으로는 살아 있는 이들을 위한 위로가 담겨 있기도 하다. 사실 묘지 설계의 중요한 대상은 죽은 자가 아니라 살아 있는 사람들이다. 어차피 망자는 이미 세상에 없다. 이해와 위로가 필요한 사람은 오히려 남은 가족과 지인들이다. 그런 그들의 슬픔과 비통함을 무덤의 설계를 통해 조금이라도 어루만져 줄 수 있다. 만약 무덤에 시끄럽고 귀에 거슬리는 악기 소리와 경쟁적으로 목청을 높여 경전을 읽는 소리, 심지어 옷을 벗어던지는 등의 해괴한 퍼포먼스가 난무한다면 어떻게 마음의 평화를 찾고 슬픔을 진정시킬 수 있겠는가?

나는 가장 이상적인 공동묘지는 화원과 같아야 한다고 생각한다. 짙은 녹음과 향긋한 꽃향기, 간간히 들려오는 새들의 지저귀는 소리가 남은 자들에게 마음의 안녕을 가져다줄 것이다. 평온한 화원에 머무는 동안 상심과 슬픔으로 시끄럽던 마음이 잔잔하게 가라앉을 것이며 앞으로의 인생에 대한 생각도 정리될 것이다. 나아가 비석의 글귀나 조각 등을 통해 살아 있는 사람들에게 삶의 진정한 가치를 일깨워 줄 수 있다면 더욱 이상적인 묘지라 할 수 있을 것이다. 짧은 생애 동안 생명을 영원처럼 불태울 수 있는 일을 찾는 데 참고가 될 만한 교훈이나, 삶의 존귀함과 생명에 대한 감사의 마음을 깨우쳐 줄 수 있으면 금상첨화일 것이다.

타이완의 영화감독 차이밍량은 프랑스 루브르 박물관의 지원으로 다

페르 라셰즈 공동묘지
파리의 모든 공동묘지의 무덤 앞에는 조각물이 있는데, 그 솜씨가 하나같이 예사롭지 않다. 날개가 달린 천사, 망자의 생전 모습, 슬퍼하는 유가족의 모습 등 주제도 다양하다.

국적 합작 영화인 〈얼굴Face〉을 완성했다. 이 영화의 주요 무대는 프랑스의 루브르 궁과 평소 잘 공개되지 않는 궁의 내부 공간이다. 하지만 그에 못지않게 배경으로 자주 등장하는 곳이 바로 파리의 공동묘지이다. 이처럼 파리에서 공동묘지는 궁전 못지않게 역사적으로 중요한 의미를 가지고 있다. 중국인에게 묘지에서 촬영을 한다는 것은 금기시되거나 꺼끄러운 일이다. 하지만 나는 묘지는 인생의 여정 중 철학적인 의미를 가장 많이 내포하고 있는 공간이라고 생각한다. 그만큼 영화에도 더욱 심오한 의미를 부여할 수 있었다. 관중은 영화를 통해 절대 피할 수 없는 인간의 숙명인 죽음을 직시하게 된다.

죽음이 피할 수 없는 과제라면 우리는 죽음과 정면으로 마주할 필요가 있다. 이로써 남은 삶과 앞으로 맞이하게 될 죽음을 더욱 가치 있게 만들 수 있을 것이다.

작은 건축박람회 같은 공동묘지

파리의 공동묘지는 소형 건축박람회와 같다. 모든 고전적인 건축 요소가 무덤에 집약되어 있으며 설계학적 비율도 정확하다. 그래서 묘 하나하나가 마치 작은 고급 주택과 같은 인상을 준다. 고전 건축에서는 길이의 배치, 즉 비율이 잘 맞는 것을 가장 중요시한다. 만약 황금비율을 실현하지 못한다면 그 건물은 이도 저도 아닌 결과물이 된다. 타이완의

페르 라셰즈 공동묘지
마치 저승사자가 들어오지 못하도록 하려는 듯 문을 막아서고 있는 여인의 모습(왼쪽)이나 턱
을 괴고 고민에 잠겨 있는 조각품의 모습(오른쪽)은 생명의 유한함에 대한 깨달음을 준다.

많은 건물들이 고전적인 요소를 내포하고 있음에도 불구하고 아름답기는커녕 뭔가 언발란스하다는 느낌을 주는 이유도 비율을 잘 맞추지 못했기 때문이다. 이런 건물들은 건축 설계 담당자의 소양과 교육, 경험 부족을 여실히 보여 준다.

건축을 전공하는 학생에게 파리의 공동묘지는 더없이 좋은 학습의 장이 될 수 있다. 묘지를 자주 찾고, 그곳을 자주 산책하는 것만으로도 고전 건축의 황금비율과 고전적 요소 간 적절한 조합에 대한 학습 효과를 톡톡히 보게 될 것이다. 훗날 고전적인 건축의 설계를 담당하게 된다면 큰 도움이 될 것이 틀림없다.

유명인사가 잠들어 있는 곳

파리의 페르 라셰즈 공동묘지에는 유명인사의 묘가 많기로 유명하다. 작곡가 쇼팽을 비롯해 이탈리아의 오페라 작곡가 조아키노 로시니, 아일랜드의 소설가 겸 극작가 오스카 와일드 등이 이곳에 묻혀 있다. 그래서 매일 세계 각지에서 온 관광객들이 이곳을 찾아 헌화한다. 나의 어머니는 음악을 전공하셨는데, 몇 년 전 여든이 넘은 나이로 이곳을 찾아 쇼팽의 무덤 앞에 헌화를 하셨다. 조금 엉뚱한 상상이기는 하지만, 만약 쇼팽의 묘 근처에 센서를 설치해서 누군가 묘 앞에 설 때마다 쇼팽의 피아노 곡이 흘러나오도록 한다면 방문객의 눈물을 더 자극할 수 있지 않을까?

페르 라셰즈 공동묘지
묘지 내에는 조아키노 로시니와 같은 유명인사의 무덤이 꽤 많다.(위) 파리의 공동묘지는 고전적인 요소를 많이 사용했는데, 길이의 비율이 정확해 (아래) 건축을 공부하는 학생에게는 더없이 좋은 학습의 장이 될 수 있다.

오스카 와일드의 묘에는 날개가 달린 천사의 조각상이 있는데, 세계 각지에서 온 그의 팬들이 키스를 하는 통에 온통 붉은 립스틱 자국으로 얼룩져 있다. 그래서 파리 당국은 최근 비석을 깨끗이 씻은 후 투명 아크 릴로 주위를 막아놓았다. 하지만 사람들은 여전히 아크릴 판 위에 키스 자국을 남긴다. 심지어 필사적으로 아크릴 판 안으로 들어가 기필코 묘 비에 자신의 입술 자국을 남기고 나오는 사람들도 있다.

인생이라는 여행의 종착점

파리의 페르 라셰즈 공동묘지는 여느 공동묘지와 달리 으스스하거나 암울한 느낌이 전혀 없다. 부드러운 햇살과 신선한 공기가 함께 하는 잘 조성된 공원처럼 느껴질 정도이다. 관광객들은 이렇게 온화하고 편안한 분위기 속에서 자신이 존경하는 명인의 안식처를 찾아다닌다.

묘지에 누워 있는 사람들에게 이곳은 생명의 종착점이다. 그들의 여 행은 이미 끝났으며, 그렇기에 그들의 여행 속도는 '0'이다. 묘지를 찾은 추모객들에게도 이곳은 내면의 불타오르던 욕망을 잠시 식힐 수 있는 곳이다. 여행의 속도는 점점 낮아질 것이고, 결국은 조용히 멈추어 세상 과 마주하고 있는 자신을 발견하게 될 것이다.

페르 라셰즈 공동묘지
오스카 와일드의 묘에는 날개가 달린 천사의 조각상이 있는데, 세계 각지에서 온 그의 팬들이 키스를
하는 통에 온통 붉은 립스틱 자국으로 얼룩져 있다.

산　자와
죽은　자의
공　　존

_ 도쿄의 묘지 산책

country	일본
city	도쿄
travel	아라카와센 〉 도보 〉 정지
speed	0km/hr
place	아오야마 영원, 조시가야 영원, 야나카 영원, 바이소우인
artist	나쓰메 소세키, 나가이 가후, 이즈미 쿄카, 고이즈미 야쿠모,
	허우 샤오시엔, 무라카미 하루키, 이탈로 칼비노, 쿠마 켄고
emotion	평온, 안식, 신성함

　　아오야마 영원의 벚꽃터널을 걷다 보면 벚꽃나무 아래 묘비들을 발견할 수 있다. 일본의 다른 공원에서는 벚꽃을 감상하려고 해도 마땅히 앉을 자리조차 찾기 어려울 때가 많은데, 오히려 이곳에서는 묘비 옆에 돗자리를 펴놓고 간단히 술잔을 기울이거나 대화를 하며 벚꽃을 즐기는 사람들을 볼 수 있다. 나는 훗날 내 묘지에도 벚꽃나무를 심어, 봄이 되면 후손들이 그 옆에서 음식도 먹고, 노래도 부르며 마음껏 봄을 즐기도록 하면 어떨까 잠시 상상해 보았다.

도쿄의 공동묘지
도쿄 시내의 일부 묘지는 일반주택과 벽 하나를 사이에 두고 위치해 있다. 하지만 아무도 거리끼거나 무서워하지 않는다. 그들은 이미 산 자와 죽은 자가 화목하게 공존하는 법을 깨달은 것 같다.

도쿄에는 아름다운 묘지가 몇 군데 있다. 그중 어떤 묘지는 벽 하나를 사이에 두고 주택가 바로 옆에 위치해 있는데, 주민들은 조금도 꺼리거나 불쾌해하는 기색이 없다. 마치 도쿄에서는 산 자와 죽은 자가 화목하게 공존하는 느낌이다.

도쿄에는 이렇게 작은 공동묘지만 있는 것이 아니다. 시 중심구에는 역사가 비교적 오래된 유명한 공동묘지가 몇 군데 있는데, 아오야마 영원, 조시가야 영원, 야나카 영원 등이 대표적인 곳이다. 일본에서는 공동묘지를 '영원일본에서는 靈園을 레엔으로 발음함 - 옮긴이'이라고 부른다. 이들 영원은 과거 철거나 이주가 자유롭지 못했기 때문에 묘지에 되도록 많은 나무를 심어 공원처럼 꾸며 놓았는데, 지금은 오히려 도쿄에서 몇 안 되는 중요한 녹지 역할을 하고 있다.

이들 공동묘지는 역사가 유구한 만큼 유명인사의 묘도 많다. 조시가야 영원에는 나쓰메 소세키, 나가이 가후, 이즈미 쿄카, 고이즈미 야쿠모 등 일본 문학의 대가들이 묻혀 있다. 신기하게도 나쓰메 소세키의 묘 앞에서는 고양이들이 배회하는 모습을 자주 볼 수 있는데, 마치 그의 작품 『나는 고양이로소이다』에 응답이라도 하는 것 같다. 나쓰메 소세키와 고이즈미 야쿠모는 생전에 숙적 관계였던 것으로 유명하다. 비록 두 사람이 동시대에 묘지에 안장되기는 했지만 서로 멀찌감치 떨어진 곳에 묻혔으니 그나마 다행이라고 해야 할까.

조시가야 영원
조시가야 영원에는 나쓰메 소세키(위), 나가이 가후, 이즈미 쿄카, 고이즈미 야쿠모 등 일본의 많은 문
인들이 묻혀 있다.

토덴 아라카와센의 추억여행

　조시가야 영원에 갈 때는 토덴 아라카와센을 이용하면 된다. 도쿄의 유일하게 남은 이 노면전차 노선은 오래되고 낡은 건물이 많은 지역을 지나기 때문에 추억여행을 하기에도 안성맞춤이다.

　타이완의 영화감독 허우 샤오시엔의 영화 〈카페 뤼미에르〉와 무라카미 하루키의 소설 『노르웨이의 숲』에도 아라카와센이 등장한다. 아라카와센은 와세다 대학 학생들이 가장 자주 이용하는 교통수단이기도 하다. 평소 아라카와센의 승객은 학생, 노인, 장바구니를 든 주부 정도가 전부이다. 가끔 검은 옷을 입은 사람들이 타기도 하는데, 조시가야 영원에 추모를 드리기 위해 가는 무리임을 한눈에 알 수 있다. 그들을 따라 나도 작은 역에 내렸다. 그리고 나는 조시가야 영원의 문 앞에 서 있는 자신을 발견했다.

　영원 안은 마치 조용한 공원처럼 보였다. 묘지 어디에서도 악기 소리 따위는 들리지 않았다. 이곳의 시간은 멈춰 있는 듯했다. 『적극적 사고의 힘』을 집필한 노먼 빈센트 필 박사는 "사람이 있는 곳에는 분쟁이 있게 마련이다. 이 세상에서 분쟁이 없는 곳은 오직 묘지뿐이다. 그곳에 누워 있는 사람들은 이미 죽어서 말을 할 수 없기 때문이다."라고 말했다. 분쟁과 갈등이 끊이지 않는 이 세상에서 묘지는 오히려 찾기 힘들고, 소중한 안식의 공간이 되어 준다.

　나는 관리 사무소에 들어가 묘지 안내 지도를 하나 얻었다. 지도에는

아라카와센
도쿄의 유일하게 남은 이 노면전차 노선은 오래되고 낡은 건물이 많은 지역을 지나기 때문에 추억여행을 하기에는 안성맞춤이다.

유명인사의 묘 위치가 표시되어 있었고, 그 옆에는 사진이나 초상화, 생전의 삶에 대한 간략한 기록이 있었다. 방문자들은 그 지도를 보고 자신이 원하는 인물의 묘를 찾아가면 된다.

묘비와 벚꽃의 세계

야나카 영원은 야마노테센의 닛포리 역 근처의 언덕에 위치해 있다. 사실 야마노테센을 이용하는 승객들은 매일 묘지 아래를 지나가고 있지만 그 안의 모습은 잘 보이지 않는다. 봄이 되어 벚꽃이 만개할 때면 야마노테센 전차에서 언덕을 가득 메운 벚꽃을 볼 수 있다. 하지만 그 벚꽃나무 아래 오래된 역사를 가진 공동묘지가 있다는 사실을 모르는 경우가 많다.

야나카 영원의 벚꽃은 매우 유명하다. 이곳의 벚꽃나무들은 대부분이 심은 지 오래되어 매년 봄이면 화사한 벚꽃이 만개해 상공을 뒤덮는다. 묘와 벚꽃은 보통 잘 어울리지 않지만 이곳에서는 묘한 조화를 이룬다. 마치 제아무리 화려했던 벚꽃도 봄이 가면 처량하게 땅에 떨어져 버리는 것처럼, 화려한 삶과 죽음도 종이 한 장의 차이에 불과하다는 것을 말하고 있는 듯하다. 야나카 영원의 흩날리는 벚꽃을 바라보고 있노라면 짧은 우리의 삶과 부귀영화의 부질없음을 다시 한 번 생각하게 된다. 그리고 더 가치 있는 일에 힘을 쏟아야겠다는 다짐도 해본다.

야나카 영원
야나카 영원의 벚꽃은 매우 유명하다. 이곳의 벚꽃나무들은 대부분이 심은 지 오래되어 매년 봄이면 화
사한 벚꽃이 만개해 상공을 뒤덮는다.

도시의 공동묘지

도쿄에서는 대부분 화장을 한 후 가족묘지에 안장하는 방식을 택한
다. 작은 공간에 여러 명의 납골함을 묻고, 그 위에 'OOO 가족의 묘'라고
쓰인 묘비를 흔하게 볼 수 있다. 도쿄 시민들의 비좁은 생활공간처럼 이
런 매장 방식도 그들에게는 어쩔 수 없는 선택이다. 타이완의 장례식은
각종 악기가 동원되기도 하고, 소리를 높여 곡을 하는 것이 일반적이다.
하지만 일본의 장례식은 철저하게 서구화되어 있다. 그들은 검은 정장
을 입고 묘비 앞에서 조용히 마지막 작별인사를 고한다. 서양의 그것과
전혀 다르지 않다.

묘비가 빽빽이 들어선 도쿄의 공동묘지는 인구밀도가 높은 그들의 일
생생활을 그대로 옮겨놓은 듯하다. 이탈로 칼비노의 소설 『보이지 않는
도시들』에는 일종의 '그림자 도시'가 등장하는데, 그곳에 머무는 것은
과거의 시민들이자 도시의 역사이면서 현재를 반영하기도 한다. 도쿄의
공동묘지 또한 현재 도쿄의 축소판이라고 할 수 있다. 만약 공동묘지를
잘 관찰한다면 도쿄에 대해 더 깊은 인식을 가지는 데 도움이 될 것이다.

현대적 참배의 공간

일본 건축가 쿠마 켄고는 아오야마 구에 현대식의 사찰인 바이소우인

을 디자인했다. 도쿄의 현대식 빌딩 사이에 자리한 이 사찰은 통유리 벽의 일반 사무용 건물들과 외관상 전혀 차이가 없다. 바이소우인 건물 옆으로는 대나무를 심어 만든 통로가 있는데, 이 통로는 건물 뒤에 위치한 묘지와 연결된다. 일종의 현실과 영적인 세계를 구분하는 경계의 역할을 하는 셈이다.

현대식의 유리벽 건물인 바이소우인 사찰 안에서는 여전히 망자를 저승으로 인도하는 의식이 행해진다. 밝은 현대식 건축 공간에서 추모회가 진행되지만 조금도 어색하게 느껴지지 않는다. 오히려 엄숙하고 평화롭다. 사실 현대주의 공간은 철학과 종교적인 의미를 매우 효과적으로 담아내곤 한다. 현대주의 건축의 대가인 르 코르뷔지에는 카톨릭 신자가 아니었지만 롱샹 성당과 라 투레트 수도원과 같은 걸작을 남겼고, 기독교 신자가 아니었던 안도 다다오 역시 빛의 교회, 물의 교회와 같은 건축을 설계함으로써 빛과 물 같은 자연의 응용만으로도 충분히 신성하고 경이로운 분위기를 만들 수 있음을 보여 주었다. 이에 비해 오늘날 세속화되고 변질된 많은 사찰들은 오히려 마음을 더 번잡하게 만든다.

바이소우인 건물 뒤에 위치한 묘지는 생각보다 꽤 넓은 편이다. 묘비들이 빽빽하게 들어선 묘지 가운데에는 봉긋하게 솟아오른 구릉이 있는데, 이 구릉 위에는 벚꽃나무가 심어져 있다. 봄이 되면 만개했던 벚꽃이 흩날리면서 적막했던 묘지에 모처럼 활기를 불어넣는다. 묘지와 벽 하나를 사이에 두고 거주하는 주민들이 대단해 보였다. 창문만 열면 빼곡하게 늘어선 묘비들이 보일 텐데도 조금도 꺼리거나 두려워하는 기색

없이 여전히 평화로운 일상을 살아가는 모습이 신기했다. 사실 일본의 종교관은 타이완과는 조금 다른 면이 있다. 타이완에서는 망자가 귀신이 되어 산 자를 해친다고 믿고 있다. 하지만 일본에서는 오히려 죽은 자가 후손을 보호하고 산 자에게 복을 가져다준다고 믿는다. 이 작은 관념의 차이가 묘지 옆에 사는 사람들의 생활 철학과 태도에 큰 차이를 만든 것이다.

아오야마 영원의 화려한 벚꽃터널

아오야마 영원은 도쿄 중심가에 위치해 있는데, '매장'이라는 본연의 업무 외에도, 매주 중요한 역할을 하고 있다. 이 묘지 덕분에 그나마 어렵사리 녹지가 보존되고 있기 때문이다. 구로카와 기쇼가 설계한 국립미술관에서 바라보이는 곳에 녹음이 울창한 공간이 있는데, 그곳이 바로 아오야마 영원의 벚꽃 숲이다. 이 숲은 봄이 되면 연분홍의 벚꽃이 만개해 환상적인 벚꽃터널을 만들어낸다. 이곳은 도쿄 시민이 선정한 '도쿄의 가장 아름다운 벚꽃 명소'이기도 하다.

아오야마 영원의 벚꽃터널을 걷다 보면 벚꽃나무 아래 놓여 있는 묘비들을 발견할 수 있다. 일본의 다른 공원에서는 벚꽃을 감상하려고 해도 마땅히 앉을 자리조차 찾기 어려울 때가 많은데, 오히려 이곳에서는 묘비 옆에 돗자리를 펴놓고 간단히 술잔을 기울이거나 대화를 하며 벚

바이소우인
쿠마 켄고가 디자인한 이 현대식의 사찰은 외관상 일반 사무용 건물과 전혀 차이가 없다. 건물 옆으로
는 대나무를 심어서 만든 통로가 있는데, 이 통로는 건물 뒤에 위치한 묘지와 연결된다.

꽃을 즐기는 사람들을 볼 수 있다. 나는 훗날 내 묘지에도 벚꽃나무를 심어, 봄이 되면 후손들이 그 옆에서 음식도 먹고, 노래도 부르며 마음껏 봄을 즐기도록 하면 어떨까 잠시 상상해 보았다.

건축학자인 크리스토퍼 알렉산더는 "도시 안에 작은 묘지를 디자인하는 일은 산 자와 죽은 자의 경계를 허무는 작업이다. 시민들이 바쁜 일상 중에도 묘지를 찾아 명상의 시간을 보낸다면 마음을 차분하게 하는데 도움이 될 것이며, 본인이 왜 그토록 바쁜지도 알게 될 것이다."라고 말했다. 이처럼 도시의 공동묘지는 종교와 철학적 의미가 함축된 영혼의 공간이다.

나는 도시의 공동묘지를 산책하면서 선인들을 떠올릴 수 있었고, 역사여행도 할 수 있었다. 벚꽃이 만개한 계절이면 도쿄의 묘지는 시민들의 가장 좋은 꽃놀이 장소가 된다. 함박눈처럼 하얗게 흩날리는 벚꽃을 보면서 시민들은 생명의 짧음을 깨닫고 자신의 삶을 다시 돌아본다. 그리고 더 적극적인 마음가짐으로 보다 가치 있는 인생을 살겠노라 다짐한다.

아오야마 영원
함박눈처럼 하얗게 흩날리는 벚꽃을 보면서 시민들은 생명의 짧음을 깨닫고 자신의 삶을 다시 돌아본다. 그리고 더 적극적인 마음가짐으로 보다 가치 있는 인생을 살겠노라 다짐한다.

옮긴이 강은영
상지대학교 중어중문문학과를 졸업하고 서울외국어대학원대학교 통번역대학원 한중과 석사과
정을 이수했다. 중국 베이징에서 수학했으며, 부산 APEC 통역 등 다양한 통역과 강의 활동을 하
고 있다. 현재 번역 에이전시 베네트랜스에서 전문 번역가로 활동하고 있다. 옮긴 책으로는 『기
업을 이끄는 7가지 유전자』, 『심리학의 즐거움』, 『페르시아 전쟁사 : 고대 동서양 문명의 대격돌』
등이 있다.

여행의 속도

초판 1쇄 인쇄 2014년 10월 27일
초판 1쇄 발행 2014년 11월 15일

지은이 리칭즈 ┃ **옮긴이** 강은영 ┃ **펴낸이** 김종길 ┃ **펴낸 곳** 아날로그
책임편집 이은지 ┃ **편집** 임현주, 이경숙, 이은지, 홍다휘
디자인 정현주, 박경은 ┃ **마케팅** 박용철, 임형준 ┃ **홍보** 윤수연 ┃ **관리** 이현아
출판등록 1998년 12월 30일 제2013-000314호
주소 (121-840) 서울시 마포구 양화로 12길 8-6(서교동) 대륭빌딩 4층
전화 (02)998-7030 ┃ **팩스** (02)998-7924
이메일 bookmaster@geuldam.com ┃ **페이스북** www.facebook.com/geuldam4u
블로그 http://blog.naver.com/geuldam4u

ISBN 979 - 11 - 952708 - 4 - 2 03820
책값은 뒤표지에 있습니다.
잘못된 책은 바꾸어 드립니다.

이 도서의 국립중앙도서관 출판시도서목록(CIP)은 e-CIP홈페이지(http://www.nl.go.kr/
ecip)와 국가자료공동목록시스템(http://www.nl.go.kr/kolisnet)에서 이용하실 수 있습니다.
(CIP 제어번호 : 2014029539)

글담출판에서는 참신한 발상, 따뜻한 시선을 가진 기획 아이디어와 원고를 기다리고 있습니다. 작품 혹은 기획안을 한글
이나 MS Word 파일로 작성하여 이메일로 보내주시기 바랍니다. 출간 가능성이 있는 작품에 대해서 개별적으로 연락을
드립니다.

Living Art
at the Speed
of Life